봉사 장편 소설

FUSION FANTASTIC STORY

스킬러
SKILLER

2

스킬러 2

봉사 장편 소설

초판 1쇄 찍은 날 § 2014년 11월 4일
초판 1쇄 펴낸 날 § 2014년 11월 11일

지은이 § 봉사
펴낸이 § 서경석

편집부장 § 권태완
편집책임 § 박용서

펴낸곳 § 도서출판 청어람
등록번호 § 제387-1999-000006호
등록일자 § 1999. 5. 31
어람번호 § 제1-1977호

주소 § 경기도 부천시 원미구 부일로 483번길 40 서경B/D 3F (우) 420-822
전화 § 032-656-4452 팩스 § 032-656-4453
http://www.chungeoram.com
E-mail § chungeorambook@daum.net

ISBN 979-11-316-9278-3 04810
ISBN 979-11-316-9276-9 (세트)

봉사 장편 소설

FUSION FANTASTIC STORY

스킬러

②

SKILLER

CONTENTS

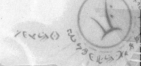

SKILLER
스킬러

제10장

인질극

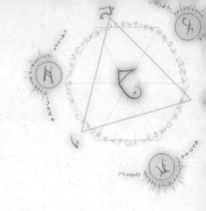

　어제 오후에 발생한 스킬러 집회 현장에서 발생한 폭력 사태로 84명의 사망자와 600여 명의 중경상자가 발생했다.

　피해기 이치럼 큰 이유는 일반인을 향한 스킬러의 공격이 있었기 때문이다.

　이 사건으로 중도적인 입장이던 대다수의 국민도 스킬러에 대해 깊은 반감을 갖게 되었다.

　정치권과 언론은 물을 만난 물고기처럼 이 사건에 대해 자신의 견해를 덧붙여 정부에 후속 조치를 촉구했고 방송은 스킬러들의 위험성을 한껏 부각시켜 방송을 내보냈다.

　단 하루 만에 국내의 분위기는 스킬러를 혐오스러운 병균으로 몰아갔다.

출근길에 오른 현성은 사람들의 달라진 분위기를 느꼈다.

한 무리의 사람들과 함께 현성은 지하철에 올랐다.

당연히 앉을 자리는 없다.

겨우 두 발을 바닥에 붙일 자리만 있다.

양팔은 이 순간이면 참 거추장스러워진다.

전후좌우에 여자라도 서 있는 경우 팔을 잘못 움직이면 대번에 싸늘한 시선이 꽂히기 때문이다.

그래서 사람이 붐비는 시간대의 대중교통을 이용할 때면 대부분의 남자는 곤란을 겪는다.

가끔 이러한 상황을 즐기는 자들도 있긴 하지만 이는 소수에 불과하다.

그 소수자들 때문에 대다수의 남성이 싸잡혀 욕을 듣는다.

이는 남에게 피해를 주지 않고 조용히 살아가려는 스킬러가 욕을 먹는 것과도 같은 경우다.

"어제 방송 봤어? 정말 끔찍하더군."

"나도 봤는데 스킬러라는 녀석들, 완전 걸어 다니는 폭탄이더군. 그런 놈들이 내 주위에 산다고 생각하니 소름이 쫙 끼치더라고."

"그래도 일부잖아."

삼십 대 회사원 셋이 광화문 사태를 두고 우려 섞인 표정으로 대화를 나눈다.

현성과는 불과 두 걸음 떨어진 거리다.

씁쓸함이 현성의 내부에서 차올랐다.

하지만 이런 자리에서 그들을 옹호하는 말을 토해냈다간 돌아오는 건…….

"일부라고? 뒷구멍으로 뭔 짓을 하는지 어떻게 알아? 경찰도 완전 허수아비더만."

"이곳에도 스킬러가 있을지 몰라. 말조심하는 게 좋아. 괜히 놈들의 눈 밖에 났다가 쥐도 새도 모르게 사라질 수도 있지 않겠어?"

냉소와 비아냥거림이 이성적인 남자를 향해 쏟아진다.

두 동료의 행동에 남자는 자신의 사회생활을 위해 방금의 견해를 거두었다.

"하, 하긴… 그들과 우리는 다르니까."

이 말이 비수처럼 현성의 가슴에 콕 박힌다.

어제오늘 들은 이야기도 아닌데 말이다.

좌석에 앉아 있는 노인들과 무리를 지어 서 있는 고등학생들도 광화문 사태를 주제로 이야기를 했나.

원래 출퇴근길의 대중교통은 거의 침묵이 지배한다.

그런데 오늘만은 모두가 제 세계에서 나와 열성적인 토론자가 되어 있었다.

"전자 발찌나 팔찌 같은 거 채워야 하지 않을까?"

문가를 장악하고 있는 고등학생 여럿이 보인다.

그중에서 한 아이가 이리 말하자 그 친구들이 시시덕거리며 맞장구쳤다.

"내가 전에 그래야 한다고 했잖아. 너도 알지? 5반에 창수,

그 찌질이 말이야. 꼴에 스킬러라고 엄청 유세 떨다가 일진 애들한테 엄청 두들겨 맞았잖아."

"아! 나도 그 얘기 들었어. 그런데 무슨 스킬러가 그리 약해."

"야야, 생각해 봐라. 겨우 일 분이다, 일 분. 그 시간만 피하면 그 자식은 여전히 찌질이야."

"하긴, 사이트에 올라온 스킬러 대처 요령법 보니까 일 분 공략법이 있더라."

24시간을 분으로 나누면 1,440분이다.

스킬러가 그중 1분을 지배한다면 나머지는 일반인들의 것이다.

이것이 스킬러 대처 요령법의 핵심이다.

학생들은 스킬러 공략법의 내용에 자신들의 생각을 덧붙이며 떠들어댔다.

현성은 아이들의 대화에 한심함을 느꼈다.

사람의 목숨은 의외로 질기지만 한편으론 너무 쉽게 꺼지는 촛불과도 같다.

어제의 사건도 그렇다.

사망자와 부상자를 합치면 그 숫자는 무려 칠백에 이른다.

일반인 몇몇이, 그리고 저 고등학생들이 떠들어대는 1분 공략법이 현실적으로 가능하다면 어제와 같은 피해는 없어야 마땅하다.

그러나 현실에선 단 몇 명의 스킬러가 개입하는 것만으로도 피해가 눈덩이처럼 불어난다.

물론 스킬러 개인의 능력이 어떤 것이냐에 따라 큰 차이가 있겠지만.

"거, 사람들 말 함부로 하네."

스킬러에 대한 비하와 비난이 난무한 가운데 누군가 못마땅한 기색을 목소리에 담아 큰 소리를 냈다.

사람들의 고개가 일제히 목소리가 들린 곳으로 향했다.

현성이 서 있는 곳과 이 목소리의 주인이 서 있는 곳은 지하철 차량 내 면적으로 봤을 때 서울에서 대구의 거리쯤 된다.

스킬러 비난 일색이던 분위기에 찬물을 끼얹은 사람은 삼십 대 초반의 남자였다.

남자는 이어폰을 귀에 꽂고 있었다.

남자는 이어폰을 귀에서 빼내더니 자신을 향한 사람들의 싸늘한 시선에 조소를 날렸다.

"스킬러가 돌연변이나? 아니면, 전염병 균이나? 그들도 당신들과 같은 사람이야. 그들도 당신들처럼 가정이 있는 대한민국 국민이고. 그리고 거기 주둥이만 산 고삐리들과 똑같은 학생이라고. 그런데 뭐? 전자 발찌? 죄를 지었으면 벌을 받는 게 당연해. 그건 스킬러나 일반인이나 공평해야 하지. 한데 죄도 없는 스킬러들에게 치욕적인 전자 발찌를 채우자고? 대체 그런 생각은 어디서 나오는 거야? 뚫린 주둥이라고 함부로 지껄이지 마라."

남자에게선 왠지 울분이 느껴진다.

슬금슬금.

남자의 주변에 서 있던 자들이 이 남자를 피한다.

발 디딜 틈 없던 차량 내에 축구 운동장만 한 공터가 생겼다.

남자는 자신을 쳐다보는 사람들의 시선과 태도에 굴하지 않았다.

싸늘한 눈빛으로 사람들을 쳐다보던 남자는 곧 귀찮다는 듯 이어폰을 도로 귀에 꽂곤 눈을 감아버렸다.

정적이 실내에 내려앉았다.

어찌나 조용한지 사람들의 숨소리가 마치 나이아가라의 폭포 소리처럼 웅장하게 들릴 지경이었다.

현성은 내심 피식거렸다.

"젊은 놈이 싸가지하곤. 그래, 네놈도 스킬러냐?"

할머니 한 분이 노약자석에서 벌떡 일어나 이 남자를 향해 삿대질을 했다.

붉게 충혈된 할머니의 눈에 피곤함이 가득했다.

세상과 소통할 수 있는 문을 이어폰이란 빗장으로 걸어버린 남자는 이 할머니의 격앙된 목소리를 듣지 못한 듯 여전히 두 눈을 내리감고 있었다.

이에 화가 난 듯 할머니가 남자를 향해 걸어갔다.

주변에 있던 사람들이 걱정을 드러냈지만 누구 하나 이 할머니를 만류하지 않았다.

무관심과 이기심은 현대인이라면 갖춰야 할 미덕이라 여겨지는 시대다.

승객들은 할머니와 남자를 예의 주시했다.

남자가 이어폰을 귀에서 뺐다.

"무슨 일입니까?"

"네놈도 스킬러냐고 물었다, 이놈아!"

남자는 눈살을 찌푸리며 할머니를 보았다.

사람들은 이 남자의 대답에 귀를 쫑긋 세운다.

"무엇 때문에 그러십니까?"

좀 전에 사람들을 질타하던 남자의 목소리가 바늘처럼 뾰족했다면 할머니를 대하는 남자의 태도는 흠잡을 데 없이 정중하다.

막돼먹은 사람이 아니라는 것을 남자의 태도에서 엿볼 수 있다.

하지만 할머니는 이에 아랑곳하지 않고 상대를 짓눌러 버리시 않고서는 견딜 수 없다는 듯 억압석으로 나왔다.

"네놈이 스킬러인지 물었다, 이놈아!"

"스킬러입니다."

"너 잘 만났다. 이 괴물아! 내 딸, 내 딸 살려내라! 이 썩을 잡놈아!"

할머니는 남자의 옷을 움켜잡고 이리저리 흔들며 제 가슴의 응어리를 토해내기 시작했다.

두 달 전, 할머니는 칠순 생일 선물을 사준다는 딸과 함께 쇼핑센터를 찾았다고 한다.

그런데 딸이 그곳 입구에서 보도로 돌진하는 차량에 치여 지금 식물인간 상태라고 했다.

차량 운전자는 술을 마시지도 않았고 또 차량 결함도 없었다.

운전자는 출동한 경찰에 체포되었는데 훗날 밝혀지기를 이 운전자에게 원한이 있던 스킬러가 운전자의 정신을 조작하여 그러한 사고를 야기했다고 했다.

자신의 원한과 이익을 위해 능력을 사용하는 스킬러가 어찌 없을까마는 그래도 그 일과 전혀 상관없는 이 남자를 탓하는 것은 온당치 못하다.

남자 역시 억울한 듯 그 얼굴이 붉으락푸르락하다.

"할머니의 사연은 안타깝지만 그 일로 모든 스킬러를 싸잡아 원망하는 것은 아니라고 봅니다. 스킬러도 누군가의 소중한 손자 손녀고, 아들과 딸입니다."

남자의 논리 따위는 할머니의 귀에 들어가지 않았다.

할머니는 그저 자신의 분을 풀 누군가가 필요했을 뿐이다.

짜악!

남자의 뺨에 할머니의 손자국이 찍혔다.

깊고 묵직한 정적이 다시 한 번 흐른다.

승객들은 할머니의 폭력에 자신을 스킬러라 밝힌 남자가 어떤 대응을 할지 걱정과 두려움이 담긴 눈으로 쳐다보았다.

이 장면을 동영상으로 찍는 사람들이 있는가 하면 사태가 험악해질 것을 우려하여 경찰에 신고하는 이들도 있었다.

남자가 천천히 고개를 돌려 할머니를 본다.

뺨을 맞은 남자는 의외로 그 표정이 담담한 데 비해 할머니는 그 자리에 주저앉아 대성통곡하기 시작했다.

남자가 앙심을 품고 할머니에게 보복하려 했다면 현성은 나설 생각이었다.

명색이 국민의 혈세를 받는 처지이기 때문이다.

하지만 현성이 밥값 하는 일은 없었다.

"제 능력은 사람을 다치게 하는 능력이 아닙니다. 따님의 상태가 어떤지는 알 수 없지만……. 휴우, 제 도움이 필요하시다면 도와드리겠습니다."

성자(聖子)!

이 단어가 승객들의 머릿속에 떠오른다.

사람들은 다들 제 귀를 의심하며 남자를 보았다.

황당한 봉변을 당하고도 저리 처신할 수 있는 자가 세상에 과연 몇이나 될까? 요즘 세상에 보기 드문 사람이다.

현성 역시 남자의 태도에 내심 놀라워했다.

현성이 저와 같은 상황이었다면 그는 결코 저 남자처럼 행동하지 않았을 것이다.

이는 현성 본인도 인정한다.

물론 빌미가 될 행동 자체를 처음부터 안 했겠지만.

"뭐? 도와줘! 네깟 놈이 뭔 수로, 뭔 수로 도와!"

스킬러에 대한 원한과 분노는 할머니의 마음에서 단단히 응고된 듯했다.

남자의 성숙한 반응과 태도에도 할머니의 그 마음은 여전히 녹지 않았다.

남자는 자세를 낮추어 할머니와 눈높이를 맞춘 뒤 차분한 어조로 말했다.

"전 치유의 스킬러입니다. 물론 제 능력이 할머니의 따님을 완쾌시킨다는 보장은 없습니다. 하지만 이런 저의 도움이라도 필요하시다면 말씀하세요. 도와드리겠습니다."

자신의 마음을 완전히 추스른 듯 남자의 음성과 표정은 무척이나 부드럽고 따뜻했다.

현성은 남자의 품성보단 그가 아연과 같은 능력자라는 사실에 내심 놀라워했다.

치유 스킬러의 능력은 현성 역시 이미 경험했기에 그 강력함에 대해 인정하고 있었다.

모르긴 몰라도 저 할머니의 따님에게 남자의 능력은 분명 큰 도움이 될 것이다.

두려움과 경계심을 드러냈던 승객들은 이 남자의 능력과 관용에 다들 부끄러운 기색을 보였다.

그래서인지 여기저기서 헛기침이 터져 나왔다.

띠리리링~ 이번 역은 ○○○, ○○○역입니다. 내리실 문은…

정차 역을 알리는 안내 멘트가 나온다.

사람들은 모두 제 갈 길을 향해 뿔뿔이 흩어진다.

현성 역시 무리에 섞여 함께 내린다.

서서히 출발하는 지하철 창문 너머로 현성은 남자와 할머니를 바라보며 중얼거렸다.

'…관용이라. 피곤한 일이지.'

＊　　　＊　　　＊

사무실에 출근한 현성은 조사 팀의 최명수, 김수로와 함께 어제 갔던 구리시 갈매동 청일 고등학교로 이동했다.

어제 현성이 차민연을 구출한 활약상은 알 만한 사람들은 다 알고 있었다.

"차민연이 실제로 보니 어떻디?"

삼십 대 초반의 김수로는 차민연의 열렬한 팬이다.

최명수 역시 이 일에 관심을 갖고 있었다.

두 사람의 다른 점은 김수로의 관심이 차민연에 국한되었다면 최명수의 관심은 이십여 명의 사람을 홀로 대적하고 제압한 현성의 활약상에 있다는 점이었다.

어제의 사건으로 현성은 특수국 내에서 가장 유명한 인물로 부각된 상태다.

"그중에 스킬러도 있었다면서?"

두 사람의 입에서 동시에 질문이 떨어진다.

현성은 조수석에 타고 있었다.

운전은 김수로가 했고 최명수는 뒷좌석에서 스킬러 관리국으로부터 넘겨받은 자료를 검토 중이었다.

국방부 산하기관인 스킬러 관리국은 등록된 스킬러들을 통합 관리하는 곳이다.

"그냥 예쁜 여자였습니다. 어제 일은 알려진 그게 전부입니다."

무심한 표정과 무뚝뚝함은 그의 나이를 생각하면 건방진 인상을 심어줄 수 있다.

하지만 그의 이러한 태도에도 불구하고 대부분의 사람은 현성을 오만하다거나 건방진 젊은이로 여기지 않았다.

이는 현성의 어조와 눈빛 때문이다.

흥미를 떨어뜨려 버리는 현성의 대답에 수로와 명수는 약간 실망한다.

"현성이 넌 어떻디? 차민연이 보고 떨리고 설레는 그런 감정 못 느꼈어?"

차민연을 향한 김수로의 관심은 여전히 식을 줄 모른다.

"수로야."

"예, 명수 형님."

"서른이 넘은 나이에 연예인에 연연하다니. 쯧쯧."

명수의 핀잔에도 수로는 아랑곳하지 않는다.

"사람 좋아하는 감정에 나이가 무슨 대수입니까. 현성아, 안 그러냐?"

현성은 내심 커피 타임 때 말을 편히 하자던 두 사람의 제안을 '괜히 허락했구나!' 라고 생각했다.

돌이킬 수 있다면 어제의 관계로 돌아가고 싶은 그였다.

하지만 상황은 이미 엎질러진 물이다.

"예."

"단답식으로 말고. 명수 형님이 납득할 수 있게 말하면 안 되냐? 여기가 군대도 아니고. 참, 너 군대 갔다… 아, 영장은 나왔냐?"

이제 스물두 살인 현성이다.

그래서 일반적인 그 또래에 일어나는 일들 중 가장 중요한 군대 문제를 수로가 거론했다.

명수도 여기엔 관심을 보인다.

"저 면제입니다."

현성의 대답에 두 사람은 의아한 표정으로 고개를 갸웃거렸다.

"정부 요직에 부모님 계시냐?"

수로가 물었고 명수는 관심이 간나는 표정을 싯는나.

현성은 신체적으로 결격 사유가 없는 데다 전과도 없다.

이렇다 보니 그의 군 면제가 두 사람의 관심을 끌었다.

"두 분 모두 돌아가셨습니다."

담담한 현성의 대답과 달리 두 사람은 남의 아픈 곳을 무신경하게 찔렀다는 생각에 움찔했다.

"미안하다. 몰랐어."

당황한 수로의 사과에 현성은 별일 아니라는 듯 예의 그 무심한 표정으로 대답했다.

"과거입니다."

"자식, 그래도 잘 컸네. 돌아가신 네 부모님도 분명 하늘나라에서 기뻐하실 거야."

수로의 위안을 끝으로 현성이 바라던 침묵이 찾아들었다.

어색하기만 한 분위기다.

부아아아앙.

*   *   *

상국은 청일 고등학교 2학년에 재학 중이다.

식당에서 날품팔이를 하는 어머니와 단둘이 사는 상국의 가정 형편은 몹시 열악했다.

그래서 늘 남루함이 운명처럼 그를 따라붙었다.

아이들은 이런 상국을 무시하기 일쑤였다.

일부 아이들은 상국을 육체적으로, 정신적으로 괴롭히기도 했다.

하루하루가 상국에겐 견디기 힘든 나날이었다.

스킬러 카드가 전 세계인을 방문하기 전까지 상국은 교내에서 철저한 약자에 불과했었다.

'내가 그런 게 아냐!'

폐교사에서 발생한 살인 사건의 범인으로 학우들은 상국을 지목하고 있었다.

피살자 대부분이 평소 상국을 괴롭히던 아이들이었기 때문이다.

이 때문에 상국은 경찰 조사까지 받았다.

물론 상국 혼자만 받은 건 아니다.

교내에 알려진 네 명의 스킬러 모두 경찰의 조사를 받았다.

그런데 그중 상국만이 사건 당일의 알리바이를 입증하지 못했다.

이는 상국을 향한 학우들의 의심을 불러일으켰다.

웃고 떠드느라 소란스러워야 할 점심시간이 조용한 이유는 바로 이 때문이다.

드르륵.

의자를 뒤로 미는 소리에 모든 아이가 소리의 진원지를 주시했다.

아이들의 눈총에 상국은 어두운 얼굴로 급식을 포기하고 교실을 나가 버렸다.

문이 닫히사 아이들은 그세야 꾹 닫고 있던 입을 떼기 시작했다.

문가 옆의 벽에 등을 기댄 상국은 아이들의 떠드는 소리를 들을 수 있었다.

교실로 뛰어 들어가 자신의 결백을 주장하고 싶었다.

하지만 그래 봐야 아무도 믿어주지 않을 것임을 누구보다 그 자신이 잘 알기에 상국은 허기와 외로움을 안고 걸음을 옮겼다.

웅성웅성.

교사 밖으로 나가려던 상국은 선생들의 만류를 뿌리치는 한 무리의 학부모를 보게 되었다.

"내 자식 죽인 괴물이 저 안에 있어! 당장 그 새끼 불러내!"

"여긴 학교입니다. 경찰의 조사도 안 끝났습니다. 다들 진정들 하시고 일단 교장실로 가서서 이야기를……."

"경찰이 뭘 알아? 경찰이 뭘 아느냐고! 내가 다 들었어. 상국이라는 그 개 같은 종자 놈이 우리 아이를 죽였다는 걸 말이야!"

무리는 피살된 아이들의 부모와 그 일가친척이었다.

상국은 무리에서 눈에 띄게 거칠게 행동하며 큰소리치는 자를 보았다.

이자는 상국을 가장 괴롭힌 김대수의 아버지였다.

예전에 상국은 대수와 그 패거리에게 얻어맞아 전치 5주의 상처를 입은 적이 있다.

당시 대수 아버지는 애들 일을 크게 확대하지 말자며 뻔뻔하게도 사과 한마디 없이 합의금만 던져 주고 돌아갔었다.

살기등등한 대수 아버지도 상국을 발견했다.

교장과 선생들을 밀쳐 낸 대수 아버지는 곧장 상국을 향해 성난 황소처럼 돌진했다.

그 뒤를 피해자의 학부모들이 흥분하여 쫓아왔다.

"이 괴물 새끼야! 널 찢어 죽이고 말겠다!"

상국을 향해 달려든 대수 아버지는 다짜고짜 주먹부터 내질렀다.

반사적으로 고개를 돌린 상국은 두 눈을 질끈 감았다.

일반인을 위협하는 스킬러는 엄중한 처벌을 받는다.

졸업 후 공직에 몸담을 생각을 하고 있던 상국이었기에 조그마한 불씨도 만들고 싶지 않았다.

그래서 그는 몇 대 맞아주는 것으로 이 일을 넘기려 했다.

'참아야 돼!'

대수 아버지가 날린 주먹은 상국을 강타하지 못했다.

검은색 긴 외투를 입고 짙은 선글라스를 낀 남자에 의해 그 주먹이 가로막혔기 때문이다.

"이봐, 아저씨. 주먹에 그렇게 자신 있어?"

대수 아버지의 주먹을 움켜잡은 선글라스의 남자가 이죽거린다.

늘 혼자였던 상국이었다.

그랬기에 누군가의 도움을 그는 처음부터 바라지 않았었다.

그런데 그 예상을 벗어나 제 또래로 보이는 남자가 자신을 도와주고 있었다.

남자는 대수 아버지를 발로 걸어차 버렸다.

퍼억.

어린 남자에게 얻어맞은 대수 아버지는 크게 흥분했다.

벌떡 일어선 대수 아버지는 선글라스의 남자를 향해 돌진하려 했다.

하지만 흥분한 그는 선글라스의 남자가 빼 든 거무칙칙한 작은 물체를 보고 멈칫했고, 이 작은 물체에서 대기를 태워 버리는 뜨거운 소리가 터지자 그 자리에 엎드렸다.

타앙!

탄알이 복도 천장에 틀어박히며 흰 먼지 가루를 눈처럼 뿌린다.

모든 사람이 혼비백산하여 제자리에서 몸을 낮추며 비명을 내질렀다.

총기 청정 구역인 대한민국 땅에서 일반인이 실제 총을 보기는 쉽지 않다.

더욱이 그 총이 실제 사용되어 위력을 떨치자 모두가 겁을 집어먹었다.

"헉!"

"초, 총이다!"

"으헉!"

"꺄아아아악!"

복도는 삽시간에 공포에 잠기고 다들 옴짝달싹도 못한다.

개중엔 몸을 낮춘 자세로 달아나려는 이들도 있었다.

하지만 이들은 멀리 가지 못하고 그 자리에서 멈추었다.

총을 발사한 선글라스의 남자와 비슷한 복장의 남녀가 복도로 진입하고 있었기 때문이다.

이들을 확인한 선글라스의 남자가 상국을 돌아보았다.

겁을 먹긴 상국도 마찬가지였다.

고개를 숙인 상태에서 선글라스를 벗은 남자가 천천히 그 얼굴을 든다.

놀랍게도 그 얼굴은 이상배였다.

"반가워, 동지."

*　　　　*　　　　*

"점심이나 먹고 현장 가죠, 명수 형님."

후사경에 비친 최명수를 보며 김수로가 말한다.

조사 팀의 일과야 현장 감식을 통해 스킬러의 사건 개입 여부를 판정하는 것 정도다.

이 판정이 내려지면 본격적인 수사가 이루어진다.

특수국에 소속된 다른 팀들과 비교할 때 조사 팀은 그야말로 꿀보직이다.

"그럴까?"

시간은 오후 1시를 조금 넘었다.

명수의 긍정적인 대답에 수로는 현성에게 고개를 돌린다.

"현성이, 너도 괜찮지?"

"전 상관없습니다."

"오케이~ 그럼 점심은……."

수로의 말을 끊으며 명수가 말한다.

"현성이 자장면 좋아한다고 했으니까 그거나 먹으러 가자."

활짝 웃으며 식사 메뉴를 정하려던 수로는 명수의 말에 인상을 와락 구겼다.

이왕이면 몸에도 좋고 보기도 좋은 음식을 고르려던 차에 명수가 메뉴를 못 박아버렸기 때문이다.

그래서 수로의 표정과 목소리엔 불만이 가득하다.

"형님, 자장면이 뭡니까, 자장면이! 그러지 말고 장어 집에 갑시다."

"그냥 대충 먹자고. 오늘은."

"그래도 그렇지. 자장면이 뭡니까, 자장면이."

명수는 수로의 불만을 무시했다.

마침 명수의 눈에 중국집 간판이 들어온다.

"저기 중국집 있네. 멀리 가지 말고 저 앞에 차 세워라."

"쳇, 할 수 없네. 대신 오늘 밤에 한잔 꺾으러 가요. 네?"

"알았다. 그건 일 마치고 보자."

명수의 대답에 그제야 기분이 풀어진 수로는 활력 넘치는 표정으로 중국집 앞에 차를 세운다.

차량에서 막 내린 현성 일행은 요란한 사이렌을 울리며 달려가는 십여 대의 경찰 차량을 보게 되었다.

경찰 차량의 질주 행렬은 주위의 이목을 끌기에 충분했다.

더욱이 어제의 광화문 사태는 전국에 비상을 걸기에 충분했다.

웅성웅성.

사람들은 멀어지는 경찰 차량들을 바라보며 걱정 가득한 표정으로 수군거렸다.

그때 명수의 핸드폰이 요란하게 울리기 시작했다.

"미스 박이 무슨 일이야? 나 외근 중… 뭐? 청일 고교에? 알

왔어."

잔뜩 굳은 얼굴로 핸드폰을 끊은 명수를 향해 수로가 묻는다.

"무슨 일이에요?"

"대형 사고가 터졌다."

"대, 대형 사고요? 대체 무슨……."

"인질극이 벌어졌다. 그것도… 청일 고교에서."

"엥? 그럼 외근 취소 전화인가요?"

"아니, 빨리 현장으로 가란다."

"왜요? 그건 경찰들이 할 일인데."

"인질범이 스킬러다. 그것도 다수의 스킬러."

와락.

명수의 말에 수로의 인상이 구겨진다.

"우린 조사 팀이잖아요. 우리가 가봐야 거기서 뭘 할 수 있다고."

"우리가 현장에서 제일 가깝잖아. 일단 가서 사태 추이를 지켜보고 보고하래. 국장님 특별 지시다."

"끙, 밥도 제대로 못 먹고 이게 무슨… 휴우, 현성아, 아무래도 자장면은 물 건너간 것 같다."

현성 역시 이 상황이 못마땅하다.

어제도 그처럼 큰일이 벌어졌는데 또 일이 터졌다.

세 사람은 급히 차량에 탑승했다.

수로가 차량 지붕에 경광등을 달고 가속 페달을 힘껏 밟는다.

타이어 타는 냄새와 연기를 뿜어대며 차량은 전속력으로 청일 고교를 향해 내달렸다.

＊　　　＊　　　＊

청일 고교의 전교생이 운동장에 상체, 혹은 목만 내놓은 채 땅에 박혀 있었다.

두려움과 고통의 흔적이 얼굴마다 가득했다.

학생들 앞쪽엔 선생으로 보이는 사람들과 폐교사에서 죽임을 당한 피해자 부모들이 하얗게 질린 얼굴로 땅에 박혀 있다.

한두 명도 아닌 수백 명의 사람을 땅속에 박는 일은 어렵다.

더욱이 한 시간 전까지만 해도 이들 모두는 각기 다른 장소에 있었다.

그랬던 이들이 모두 운동장에 못처럼 박혀 있다.

이는 미스터리 한 사건이다. 스킬러가 등장하기 이전의 세상에선.

인근 경찰서에서 출동한 경찰들이 주위에 쫙 깔렸다.

경찰 특공대도 도착하여 자리를 잡는다.

하지만 이 중 그 누구도 안으로 진입할 수 없었다.

총기로 무장한 인질범들이 운동장에 폭탄을 설치해 놓았기 때문이다.

인질범의 허락 없이 교내로 진입했다간 수백 명의 사람이 그 자리에서 폭사당할 수 있었다.

"이런 망할 새끼들."

현장 책임자 장소일 서장의 얼굴이 잔뜩 일그러진다.

청일 고교 학생들을 인질로 잡고 있는 자들은 국정원 특수국이 체포한 스킬러들의 전원 석방을 요구하고 있었다.

자신들의 요구를 들어주지 않을 시 운동장에 설치한 폭탄을 터뜨리겠다며 협박했다.

소식을 전해 들은 기자들과 사색이 된 학부모들이 몰려와 인근은 그야말로 눈물의 북새통을 이루었다.

"서장님, 국정원 직원들이 왔습니다."

부하 직원이 안전선 밖에 서 있는 세 사람을 가리키며 말한다.

"빨리 모셔와."

이 난국을 타개할 대안을 찾지 못한 장소일 서장에게 있어 현성 일행의 등장은 가뭄의 단비요, 은혜로운 감로수였다.

현장으로 진입하는 세 사람은 주변의 이목을 끌었다.

카메라와 사진기가 이들을 찍느라 바쁘다.

명수와 수로는 이런 환대와 관심에 얼떨떨한 표정으로 제 표정과 의복을 가다듬었고 현성은 예의 그 무심한 표정으로 정문 너머 교내를 살폈다.

수백 명의 사람이 땅에 박혀 있는 그 모습은 참으로 기괴하고 섬뜩했다.

수백 구의 시체가 땅속을 뚫고 올라오는 듯한 모습이랄까.

"수고하십니다. 국정원 특수국 소속 최명수 조장입니다."

"반갑습니다. 현장 책임을 맡고 있는 장소일 서장입니다."

진땀을 뻘뻘 흘리며 장 서장은 명수에게 상황을 설명하기 시작했다.

설명이라 해봐야 길지 않았고 특별한 정보가 있는 것도 아니었다.

그저 범인들의 요구와 운동장에 박혀 있는 사람들의 숫자와 폭탄이 그 주변에 설치되어 있다는 것 정도였다.

명수와 수로의 얼굴은 난감함으로 가득하다.

이런 상황을 이제까지 직면해 보지도 않았고 또 이 일을 앞장서서 해결할 배포도 두 사람에겐 없었기 때문이다.

어찌 안 그렇겠는가. 작은 실수 하나가 수백 명의 목숨을 좌지우지할 상황인데.

"그렇군요."

대답하는 명수의 태도엔 힘이 빠져 있었다.

이를 느낀 걸까? 장소일 서장의 표정에 실망이 비친다.

그때 교내를 살피는 현성의 무심한 얼굴이 장 서장의 눈에 들어온다.

'어디서 본 것 같은데?'

장 서장은 현성의 얼굴이 눈에 익었다.

하지만 어디서 봤는지는 떠오르지 않았다.

그리고 지금은 이런 일에 신경을 쓸 계제가 아니었다.

인질범들이 전화를 걸어왔기 때문이다.

긴장감과 신중함으로 전화를 받던 장소일 서장이 수화기를 손으로 가리며 말했다.

"선우현성이란 사람이 여기 있다는데 그게 누굽니까?"

명수와 수로는 인질범과 통화하던 서장이 갑자기 현성을 찾자 어리둥절했다.

두 사람의 눈길이 현성에게로 향한다.

현성은 서장이 자신을 찾자 고개를 갸웃거렸다.

"제가 선우현성입니다."

잠시 뜸을 들인 뒤 현성이 말했다.

그러자 서장이 더욱더 굳어진 표정이 된다.

"인질범이 선우 요원을 원하고 있다네."

"저를요?"

현성의 표정보다 명수와 수로의 표정이 더 가관이다.

어찌 안 그렇겠는가.

극도로 위험한 자들이 현성을 지목했으니.

"일단 전화를 받아보게. 그리고 어지간하던 놈들을 자극하지 말아주게."

장 서장은 현성 일행에게 가졌던 기대를 내려놓았다.

좀 전까지는 급박한 심정에 이들에게 큰 기대를 가졌다.

하지만 볼수록 이들에게 이 사건을 해결할 단서가 있을 것 같지 않았고 인질범들을 상대할 레벨도 되지 않음을 깨달았다.

자연 이들에 대한 서장의 태도는 처음과 달리 식어버렸다.

그러던 차였는데 인질범이 현성을 지목하여 바꾸라니 '자신이 모르는 뭔가가 이들에게 있는 게 아닐까? 라는 기대가 생겨났다.

"날 찾나?"

서장에게 누누이 당부를 들었지만 현성은 무뚝뚝한 태도로 전화를 받았다.

이에 서장의 얼굴이 노랗게 변했다.

—크크크. 오랜만이다, 장의사 놈.

수화기 너머에서 들려오는 목소리는 현성의 전직을 알고 있었다.

이에 현성은 잠시 어리둥절했다가 곧 이 목소리가 상당히 귀에 익다는 것을 깨달았다.

현성과 통화하는 자는 이상배였다.

몇 개월 전에 비해 놈의 목소리에는 여유와 힘이 잔뜩 실려 있었다.

이 때문에 현성은 상배의 목소리를 듣고도 단숨에 알아차리지 못했다.

"이상배인가?"

—뭐야? 내 목소리를 벌써 잊은 건가? 맞은 놈은 두 발 뻗고 자도 때린 놈은 아니라고 들었는데. 역시 개소리였군. 장의사 놈, 그래, 그동안 두 영계는 데리고 잘 놀았나? 그런 걸 스리섬 이라고 한다지? 크크크.

현성은 놈의 도발과 같은 말을 싹 무시해 버렸다.

물론 그의 내심에서까지 상배를 무시하는 것은 아니다.

놈은 충분히 위협적인 인물이기 때문이다.

여기에 놈의 배후 세력이 현성의 신경을 자극한다.

"그날 바로 찾아올 듯하더니… 생각보다 늦었군."

담담한 현성의 목소리는 상배를 자극했다.

―장의사 새끼가. 좋아, 좋아. 그렇게 실컷 까불어봐라. 아, 너도 스킬러라며? 내가 어떻게 아느냐고? 다 아는 수가 있지. 앞으로는 네놈을 멍청한 정치인들 똥구멍이나 핥는 똥개라고 불러야겠군. 킥킥.

현성은 상배가 자신이 국정원 요원인 것을 알고 있자 의아했다.

그러나 놈의 배후를 생각해 보니 그쯤은 일도 아닐 것 같단 생각이 들었다.

"위험한 장난을 하고 있군. 네가 그쪽의 책임자… 는 아닐 테고. 네 상관은 네가 이런 전화하는 건 알고 있나?"

―뭐! 이 개새끼가 날 어떻게 보고. 이래 봬노 내가…….

수화기 너머에서 다른 이의 목소리가 작게 들렸다.

그 목소리가 상배의 통화를 방해하는 것 같았다.

이에 현성은 목소리의 인물이 인질범들의 실질적인 리더라는 생각이 들었다.

현성은 이 목소리를 기억하기 위해 신경을 곤두세웠다.

잠시 뒤 수화기는 상배에게서 유오찬에게로 넘어갔다.

상배의 투덜거림이 배경 음악처럼 들린다.

―오랜만이군.

묵직한 저음이 수화기에서 흘러나온다.

서장을 비롯해서 명수, 수로, 그리고 다수의 인물이 현성을 바라본다.

다들 현성이 누구와 통화하는지 또 무슨 내용을 전해 듣고 있는 것인지 몹시 궁금해했다.

저들의 심정은 뻐끔거리며 바쁘게 움직여대는 입을 통해 엿볼 수 있다.

"네가 우두머리인가?"

ㅡ우두머리라… 어감이 안 좋지만 넘어가도록 하지. 자, 그럼 본론으로 들어가겠다. 너도 알다시피 상배가 너에게 가진 원한이 깊어. 물론 나도 너에게 좋은 감정은 없다. 우선순위를 따지면 나보단 상배가 조금 더 앞서 있지. 그래서 말이야, 양측의 긴장감도 줄일 겸 두 사람의 일대일 결투를 했으면 하는데 말이야. 총기는 안 돼. 주먹 대 주먹이지. 사내다운 경기. 어때, 좋지 않나?

유오찬의 제안은 현성에게 악취가 진동하는 하수구와도 같았다.

그러니 당연히 유오찬의 제안은 단숨에 잘라야 한다.

현성의 성격이라면 분명 그랬을 것이다.

그러나 상대는 아연을 노리던 상배였다.

놈만 제거한다면 이후 자매에 대한 위협이 사라지게 된다.

문제는 자신이 상배를 제거했을 시 놈의 패거리가 어떻게 나오느냐다.

현성이 뜸을 들이자 수화기에선 비아냥거리는 유오찬의 목소리가 흘러나왔다.

―두려운가? 네가 이기면 인질 백 명을 풀어주마. 어때? 뭐, 네가 진대도 오십 명은 풀어주지. 네 결정 하나에 여러 사람의 목숨이 달렸어. 하겠나?

유오찬의 제안은 달콤했다.

그러나 현성은 놈이 제안한 것보다 이 한 번의 결투를 통해 가족과 같은 자매의 안위가 안전하길 더 바랐다.

"조건이 있다."

열릴 것 같지 않던 현성의 입이 드디어 열렸다.

수화기 너머 유오찬은 현성이 긍정적인 대답을 할 것이라고 기대했다.

―말해봐.

"좀 전 너는 내게 오랜만이라고 했다. 그렇다면 넌 나를 알고 나도 널 안다는 결론이 나온다. 맞나?"

―흠, 섭섭하군. 내 목소리를 기억하지 못하다니. 하긴, 우리의 만남은 짧은 순간이었으니 그럴 수 있겠지. 그래, 조건은 뭐지?

"너희가 납치하려고 했던 자매의 안전을 보장해라. 그럼 너의 제안에 응하겠다."

현성의 말이 끝나자마자 수화기 너머에서 웃음소리가 들려온다.

그 웃음소리는 한참이나 계속됐다.

―대단한 사랑이군. 좋아, 네 조건을 들어주지. 자매를 납치하거나 위해를 가하는 일은 없을 것이다.

"수락하지. 대신 상배가 내 손에 죽더라도……."

―복수 따위는 하지 않는다고 약속하지.

수백 명의 목숨이 담보 된 위급한 상황에서의 결투는 이렇게 이루어졌다.

제11장
1,440분의 1

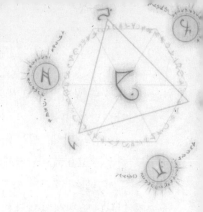

특수국 요원들이 탑승한 헬기와 차량이 속속 현장에 도착했다.

사안이 사안인만큼 이들의 지휘는 특수국 부국장 최우민이 맡게 되었다.

부국장을 보기는 현성도 이번이 처음이었다.

"뭐?"

전날 안면을 익힌 섬멸 3팀의 팀장 양철민은 현성과 유오찬의 거래 내용을 듣고 황당한 표정을 지우지 못했다.

다른 이들 역시 매한가지였다.

"말씀드린 그대로입니다. 놈들은 제가 이기면 인질 백 명을 석방한다고 했습니다. 놈들이 제시한 조건을 생각할 때 시도

해서 나쁠 건 없다고 생각합니다. 제가 지더라도 인질 오십 명이 석방됩니다."

현성의 말에 모두 경악을 금치 못했지만 오히려 당사자인 현성은 고요하고 담담했다.

사람들이 혼란과 당혹감을 느끼는 배경에는 인질범들의 제안보다도 현성의 담담한 태도가 적지 않게 작용했다.

"그 녀석의 능력은 괴력이라며? 그런 놈을 어떻게 상대한다는 건가? 또한 놈들이 약속을 지킬지 아닐지도 장담할 수 없어. 난 반대네. 너무 무모하고 위험해. 그리고 자네는 요원이야. 이 일로 대중에게 자네의 신분이 노출될 수 있어."

이번 작전에 반대 입장을 피력한 양철민의 목소리는 여전히 확고부동하다.

그러나 이를 듣고만 있던 부국장 최우민은 다른 생각을 품고 있었다.

이 기회를 빌려 유독 국내에서만 확산되고 있는 반스킬러 정서를 돌릴 반전의 초석으로 삼자는 것이다.

그렇다 보니 부국장은 인질범들의 제안을 국내에 불고 있는 반스킬러 정서를 희석할 절호의 기회라 보았다.

흥분한 대중을 진정시킬 영웅이 지금은 절실한 실정이다.

대중이 열광할 스타성을 지닌 스킬러의 등장은 지금의 사회 분위기에서 꼭 필요했다.

부국장이 보기엔 현성은 외모도 흠잡을 곳이 없다.

더욱이 이십 대 초반이란 점이 대중의 반스킬러 정서 변화에 크게 도움되리라 판단했다.

문제는 특수국 전체의 사기였다.

그러나 이러한 우려는 현성의 뜻이 확고하기에 크게 문제시 될 것 같지 않았다.

이 모든 걸 계산에 넣은 부국장 최우민이 드디어 그 입을 열었다.

"양 팀장."

"예, 부국장님."

"국익을 위해 이 일이 꼭 나쁜 것만은 아닐세. 물론 선우 요원을 농락하기 위한 놈들의 비열한 함정일 수도 있어. 하나 이일을 통해 국내 스킬러들의 사회적 지위와 대중의 시선이 달라질 수도 있네. 우리는 국가와 민족을 위해 한 목숨 헌신하기로 서약하지 않았나? 물론 개인적으론 선우 요원의 희생이 크다는 점에서는 안타까움을 느끼고 있네."

좌중의 분위기는 부국장의 솔직 담백한 연설로 인해 긴 침묵에 빠져들었다.

열풍처럼 불고 있는 반스킬러 정서는 분명 고쳐져야 할 일이다.

이 자리에 참석한 모두가 이를 원하고 있었다.

그러나 이번 일로 문제가 될 것은 세상에 노출될 현성의 미래였다.

장내의 분위기와 달리 당사자인 현성은 이에 아무런 감흥을 받지 못한 듯 특유의 무표정으로 꼿꼿이 앉아 있을 뿐이다.

사실 현성에게 애국 애민이란 안드로메다에 사는 김 씨의 관심 없는 사생활 같은 것에 지나지 않는다.

군이 그런 얘길 할 필요는 없었기에 현성은 결과에 승복하겠다는 자세로 침묵했다.

어차피 상황은 부국장의 주도하에 현성의 뜻으로 기울어져 버렸으니 그가 지금에 와서 왈가왈부 떠들 필요는 없었다.

"제 생각이 짧았습니다, 부국장님."

결투를 가장 완강하게 반대하던 양철민 팀장이 뒤로 한발 물러섰다.

지금 철민의 심정은 현성에게 빚을 진 기분이다.

아니, 좌중의 다른 이들도 그와 별반 다르지 않았다.

다들 새삼스러운 눈으로 현성을 보았다.

"다른 이들은 어떤가? 다른 의견들 있나?"

확인 사살을 위해 부국장이 장내에 물음을 던진다.

지금의 분위기에서 반대하는 자가 어찌 나오겠는가.

다들 꿀 먹은 벙어리가 된 채 현성만을 쳐다볼 뿐이다.

"없습니다!"

모두가 하나 된 목소리로 대답한다.

부국장이 근엄한 신색으로 현성을 바라보며 진중한 음성으로 말했다.

"선우 요원, 부탁하겠네. 이 땅의 스킬러들을 위해… 십자가를 져 주게."

"허락… 감사합니다, 부국장님."

이 내용은 부국장의 지시로 현장에 나와 있던 취재기자들은 물론 인질로 잡혀 있는 학생들의 학부모, 그리고 구경 나온 자들에게까지 전파됐다.

사람들은 자신의 목숨을 내던진 의인을 보기 위해 다들 제목을 길게 뽑았다.

*　　　*　　　*

마트에 온 아연과 희연은 뉴스를 통해서 청일 고등학교에서 발생한 대규모의 인질 사건을 접했다.

그리고 황당한 결투에 대해서도.

"어, 언니, 아저씨잖아. 선우현성이라면."

희연이 놀란 표정으로 아연을 본다.

아연 역시 놀라고 당혹스럽긴 매한가지다.

TV 화면을 꿰뚫어 버릴 듯 쳐다보던 아연이 장바구니를 툭 떨어뜨린다.

그러고는 이내 창백하게 질린 얼굴로 마트 밖으로 뛰기 시작했다.

"언니!"

"오빠한테 가야겠어. 희연아, 넌 집에 가 있어."

"같이 가!"

"희연아……."

"저 아저씨, 분명 우리 때문에 피하지 않고 싸우려는 거야.

그러니까… 응원이라도 해줘야지."

"그래, 같이 가자."

자매는 서로의 손을 꼭 잡고 뛰기 시작했다.

하지만 어떻게 서울에서 구리까지 한 시간 안에 갈 수 있으랴.

당황한 나머지 미처 이 생각을 못 한 자매다.

*　　　*　　　*

"시간 됐습니다, 선우 요원."

현성이 탑승한 차량을 노크하며 결투 시간이 다 되었음을 누군가 알려온다.

명상이라도 하듯 꼿꼿한 자세로 앉아 있던 현성은 반개한 제 두 눈을 활짝 뜨곤 차량에서 나왔다.

그러자 그를 향해 수많은 카메라가 일제히 불을 뿜기 시작했다.

기자들의 열띤 취재 열기에도 불구하고 현성은 무덤덤하게 카메라 세례를 뒤로하고 청일 고 운동장으로 걸어 들어갔다.

"이겨주세요!"

"잘 싸워요! 응원할게요."

"제발, 제 아들을 살려주세요!"

"꼭 이기세요!"

현성에 대한 소문이 쫙 퍼졌기에 사람들은 너 나 할 것 없이 그를 열띤 목소리로 응원해 주었다.

최우민 부국장의 예상과 한 치의 어긋남도 없는 분위기였다.

화답하는 차원에서 손이라도 흔들어줄 법했지만 현성은 사람들의 뜨거운 응원에도 불구하고 특유의 무표정과 무뚝뚝함으로 일관했다.

그럼에도 이 자리의 그 누구도 그를 오만하다 비난하지 않았다.

현성이 무엇을 위해서 적진이나 다름없는 곳으로 홀로 걸어가는지 잘 알기 때문이다.

저벅저벅.

상배는 운동장에 미리 나와 몹시 경박하고 사나운 태도로 제 몸을 풀고 있었다.

"영웅 나셨군, 나셨어."

몹시 못마땅한 말투와 표정으로 상배가 현성에게 말했다.

현성이 이곳까지 걸어오는 동안 바람결에 들려온 사람들의 이야기를 들은 인질들이다.

모두가 그에게 매달려서 살려달라 호소했다.

그러나 인질 모두를 저 단단한 땅속에서 빼낼 시간도 재주도 현성에게는 없었다.

혹시라도 그러한 움직임을 보였다간 주변에 설치된 폭탄이 일제히 폭발하는 대참사가 벌어질 것이다.

짧은 시간 인질범들은 장애물을 참으로 완벽하게 이 학교에

만들어놓았다.

현성은 상배의 뒷전에 눈길을 보내고 있었다. 바로 본관 건물 앞이다.

인질극을 주도한 무리의 리더 유오찬, 그리고 광화문 집회 현장에서 모습을 드러냈던 박현숙이 이곳의 주인처럼 서 있었고 간혹 교실 창문에서 총기를 휴대한 놈들의 동료들이 보였다.

청일 고등학교 주변은 출동한 경찰과 군대로 물샐틈없이 포위된 형국이다.

이러한 상황이면 놈들의 목적이 달성되더라도 탈출은 사실상 불가능하다고 봐야 한다.

그럼에도 놈들은 하나같이 여유가 넘쳐흘렀다.

이는 그 어떤 상황이 발생하든 언제든 제 몸을 빼낼 수 있다는 자신감의 표현일 것이다.

'빠져나갈 구멍을 파놓았음인가?'

건물 창문을 쓸어 보던 현성의 눈길이 마지막으로 유오찬에게 머문다.

얼굴을 직접 보니 유오찬을 만난 기억이 그제야 떠오르는 현성이다.

"겁먹었냐? 킥킥. 걱정하지 마라. 약속은 반드시 지킬 거니까. 오십 명!"

상배는 현성이 주변을 두리번거리는 이유를 두려움의 표현이라 생각했고 자신의 승리를 기정사실화했다.

사람들의 열렬한 지지와 응원을 받으며 등장한 현성의 모습이 처음엔 고까웠지만 곧 죽을 놈의 마지막 호사라고 생각하니 그 마음도 금세 녹아버렸다.

　현성의 눈길이 그제야 상배를 향한다.

　순간 현성의 눈빛에 상배는 오금이 저리는 느낌을 받았다.

　흡사 천적 앞에 내던져진 사냥감이 된 꺼림칙한 기분이었다.

　이를 털어내듯 상배는 크게 소리쳤다.

　온 세상이 다 들으라는 듯.

　"자, 어디를 먼저 부숴줄까?"

　현성은 상배를 노려볼 뿐 단 한마디도 하지 않았다.

　그의 태도는 마치 상배를 안중에도 두지 않는 듯했다.

　물론 이러한 행동은 겉으로 보인 모습일 뿐이다.

　실상 현성은 결투장의 열악함과 불리함으로 머릿속이 무척이나 복잡했다.

　1분 안쪽으론 무조건 회피를 통해서 시간을 끌어야 한다.

　그런데 문제는 근처 땅에 박혀 있는 인질들의 안위다.

　'희생자가 생기는 건 어쩔 수 없을지도⋯⋯.'

　현성은 전에 스치듯 맞은 상배의 공격에 어이없이 팔뼈가 부러진 경험이 있다.

　더욱이 근처 인질들은 공격에 치명적인 부위인 상체와 머리를 노출하고 있는 상태였다.

　혹시라도 상배의 공격이 이들에게 향한다면 빗맞아도 사망이다.

"너의 그 능력을 배제해도 지금의 자신감을 유지할 수 있을까?"

이 자리에 선 이후 현성은 처음으로 상배를 직시하며 말했다.

아니, 도발이란 카드를 던졌다.

현성의 태도가 내내 눈엣가시 같았던 상배는 이에 크게 발끈했다.

그러나 이전과는 달리 놈은 격분하지 않았다.

상대의 이러한 태도는 현성의 눈살을 내심 찌푸리게 하는 원인이 되었다.

"능력도 내 몸의 일부야. 겁나면 지금이라도 내 앞에 무릎을 꿇고 살려달라고 빌어봐. 그럼 내가 너그럽게 용서해 줄 의향은 있다. 더불어 나의 동료가 될 수 있는 영광도 베풀어줄 수 있지. 크크크."

내심 묵직한 신음을 흘리고 경각심을 돋운 현성이 대꾸한다.

확실하고 단호한 어조다.

"그런 일은, 절대 없을 것이다."

"쯧쯧, 처맞아보면 그땐 후회해도 늦을 거야. 맞으면 골로 갈 테니까."

놈은 제 주먹을 흔들며 한참이나 경박하게 유세를 떨었다.

출발신호를 기다리는 달리기 선수처럼 상배가 뒷전으로 시선을 던진다.

　유오찬이 고개를 끄덕이자마자 그것이 신호인 듯 결투는 바로 시작됐다.

　상배의 욕설과 공격이 동시에 현성을 향한다.

　"개새끼, 박살을 내주마!"

　회피에 성공한 현성의 귀밑으로 상상을 초월하듯 날카롭고 묵직한 파공음이 폭발한다.

　미리 대비했기에 망정이지 방심했다면 폭음이 아닌 제 몸의 파괴 음을 들었을 것이다.

　첫 단추를 무사히 끼웠다.

　그러나 앞으로 무사히 끼워야 할 단추는 아직 많고 많았다.

　상배의 한 수는 주변의 인질들까지 겁을 집어먹게 만들었다.

　어찌 안 그렇겠는가. 주먹 한 번에 폭탄이 터지는 듯한 소리가 들려오는데.

　"으아아악!"

　"헉!"

　"엉엉엉엉."

　"살려주세요!"

　"꺄아아악!"

　격투가 벌어진 인근에서 공포에 젖은 인질들이 아우성치기 시작했다.

　멀리서 이들을 지켜보는 자들은 인질들의 이러한 태도를 이해하지 못했다.

하긴, 당사자가 아니니 그 심정을 어찌 알겠는가.

그러나 이 인질들이 생각하지 못하는 부분이 있었다.

탱크와 같은 위력을 지닌 남자와 정면으로 맞서 싸워야 하는 현성의 처지를 말이다.

휙! 팡!

현성의 상체를 노린 상배의 발차기가 날아든다.

인질들의 아우성에 잠시 신경이 분산된 현성이었다.

피해야겠다는 생각을 하기도 전에 먼저 현성의 몸이 반응했다.

위력적인 상배의 발차기가 간발의 차이로 현성의 앞을 지나갔다.

식은땀이 현성의 등에 송골송골 맺혔다.

현성은 결투에 집중하기 위해 마음을 다잡았다.

지금은 인질들의 안위를 걱정할 때가 아니었다.

속된 말로 제 코가 석 자인 것이다.

'감각에 의존해야 한다. 철저히!'

결투의 승패는 오로지 시간에 달렸다.

1분을 버티느냐 마느냐가 현성에겐 절대적인 요인이다.

버티지 못하면 죽을 것이요, 버틴다면 이길 것이다.

하루는 1,440분이다. 이 많은 시간 중 고작 1분이다.

그러나 이 1분은 현성의 입장에선 1,440분의 시간과도 같았다.

그 시간 동안 현성은 극도로 긴장해야 했고, 극도로 예민해야 한다.

그렇다고 해서 이러한 상태에 현혹되거나 잠식당하면 안 된다.

결코 쉬운 일이 아니다.

그러나 현성은 불가능에 가까운 그 일에 순식간에 적응하고 있었다.

발차기를 실패한 상배는 몸의 중심도 잡지 않은 상태에서 곧장 현성을 향해 팔을 휘둘렀다.

보통 이런 공격은 위력적이지가 않다. 오히려 공격의 빌미가 되어 자신이 호되게 당할 수도 있다.

그러나 상대는 상배였다.

괴력의 스킬러다.

저 공격의 위력을 몰랐다면 현성은 놈의 팔을 낚아채서 중심도 잡지 못한 놈을 짓이겨 버렸을 것이다.

그러나 허우적거리는 듯 보이는 상배의 움직임에 담긴 거력을 알기에 감히 함부로 마주할 수 없었다.

이를 모르는 자들은 이런 현성을 답답하게 여겼다.

철퇴를 대적하는 와인 잔.

전자는 상배였고, 후자는 당연히 현성이다.

"미꾸라지 같은 새끼!"

연이어 세 공격이 실패로 돌아가자 상배는 흥분했다.

어찌 그렇지 않겠는가.

상대를 바로 코앞에 두고도 맞히지 못하고 있었으니 상배 입장에선 답답할 만도 하다.

"흥분은 금물이다!"

본관 건물 앞에서 두 사람의 결투를 관람하고 있던 유오찬이 크게 소리친다.

복수와 자만심에 빠져 있던 상배는 유오찬의 일갈에 정신을 차렸다.

흥분한 심정을 달래기 위함인 듯 상배는 몇 번의 심호흡을 내뱉었다.

이 덕분에 현성은 5초의 시간을 벌 수 있었다.

그러나 앞으로 가야 할 그의 길은 멀고도 가혹하기만 할 뿐이다.

"이제부터가 시작이야, 장의사 새끼!"

빠드득.

어금니를 갈아붙이는 상배의 두 눈은 흉광으로 번뜩이고 있었다.

상배는 타격 위주의 공격을 접고 대신 잡기 위주의 공격으로 입장을 선회했다.

현성 입장에선 가장 피하고 싶은 상황의 전개였다.

현성을 잡기 위해서 상배는 그물이 되었다.

이 상황에선 놈을 피해 멀찍이 달아나야 하지만 인질이란 장애물 때문에 이마저도 쉽지 않았다.

목석처럼 인질들이 가만히 있어주면 좋겠지만 겁에 질린 그들은 가만히 있어주질 않았다.

현성에게 이곳은 지뢰밭이요, 올무 밭이다.

최악의 전장!

그에게 이곳은 바로 그러한 곳이다.

갈고리 같은 상배의 손이 현성의 옷자락을 잡기 위해 쇄도했다.

현성의 뒷전에는 촘촘한 잡초처럼 인질들이 땅에 박힌 채 팔을 휘저으며 비명을 내지르고 있었다.

상배의 손이 현성의 상의 자락을 막 잡으려는 순간이다.

놈의 입가엔 회심의 미소가 진하게 걸렸다.

놈은 빠져나갈 수 없는 함정에 사냥감이 걸렸다고 생각했다.

그러나 놈의 이러한 미소와 생각은 현성의 반회전과 풍차 돌기로 인해 허탕을 치고 말았다.

상배의 능 뒤로 이동한 현성은 놈의 능을 공격하고 싶은 마음을 간신히 억눌렀다.

몇 초의 시간을 벌 수 있다.

그러나 놈이 인질들 위로 밀려 넘어진다면 이후 벌어질 일들은 불 보듯 뻔하다.

분노한 놈의 움직임에 일대의 인질들의 목숨이 뭉개지고 짓밟힐 것이다.

"개쌍!"

다 잡은 월척을 놓친 낚시꾼의 허탈함과 분노가 상배의 일그러진 얼굴에서 스멀거리며 피어오르고 있었다.

벌써 놈은 20초의 시간을 낭비했다.

상배의 태도에서 조금씩 여유가 사라진다.

신경질적으로 몸을 돌려세운 상배는 옆에 있던 여학생 인질의 애걸과 비명에 짜증이 치밀었다.

"아가리 닥쳐, 이 개년아!"

쫘아아악.

상배의 발차기에 여학생의 상반신이 마치 종잇장처럼 쫙 찢겨 나갔다.

"끄아아아악!"

"아아아아악!"

상체가 날아간 여학생의 잔해물이 주변을 뒤덮었다.

잔해를 뒤집어쓴 인질들이 혼비백산하여 아우성이다.

"닥쳐, 이 개새끼들아!"

상배의 일갈에 인질들은 크게 경기를 일으키다가 곧 입을 다물었다.

그러나 그들의 입에서 흘러나오는 흐느낌만은 어쩔 수가 없다.

놈의 잔인함은 카메라를 통해서 전국에 생방송으로 나가고 있었다.

현장에서 이를 지켜보고 있던 자들은 놈의 만행에 진저리치며 분노했다.

놈을 향한 분노의 성토가 해일처럼 몰려들었다.

이에 기분이 상한 듯 놈은 비대한 체구의 한 남학생의 머리를 발로 밟아버렸다.

남학생의 머리가 순식간에 잘 익은 수박처럼 으스러졌다.

그러자 성토의 해일이 신기루처럼 사라진다.

공포와 정적이 이 일대를 압도한다.

"죽여 버리고 말겠다!"

인성을 완전히 상실한 상배다.

하긴, 떡잎부터 노랬던 놈이다.

열등감과 피해 의식, 사회에 대한 반항심으로 똘똘 뭉쳐 있던 놈에게 감당하지 못할 힘이 주어졌다.

사람을 취하게 만드는 것은 꼭 술만이 아니다.

무형의 권력, 유형의 재물, 그리고 폭력.

상배는 지금 폭력에 취했고 분노에 눈이 뒤집혀 있었다.

놈을 제지해야 할 유오찬과 박현숙, 그리고 놈들의 동료는 이를 봤음에도 아랑곳하시 않았다.

놈들에게 비스킬러는 인간이 아닌 가축인 듯했다.

"이야아아얍!"

제 분을 풀기 위해 상배는 불필요한 동작이 가미된 공격을 했다.

그러고는 양팔을 선풍기의 날개처럼 휘저었다.

막무가내식의 공격이다.

현성은 연방 뒤로 물러났다.

그가 후퇴하는 진로에 있던 인질들이 악을 써댄다.

제발 자신에게 오지 말라고 말이다.

현성 역시 더 이상의 인질 피해가 없길 바라는 쪽이다.

그러나 상황은 그의 바람을 일말의 일말도 용납하지 않고 있었다.

퍽퍽!

"끄아아아악!"

"꺄아아아악!"

희생자들의 비명은 하나같이 처참하다.

그 무참한 광경을 지켜보던 이들은 자신의 심장이 뜨거운 비수에 찔린 것처럼 고통스러워했다.

이는 방송을 통해 지켜보는 시청자들 역시 그러했다.

"상배, 저 녀석. 너무 심하잖아!"

박현숙이 몸을 부르르 떨면서 유오찬에게 말했다.

유오찬은 묵묵히 상황을 지켜볼 뿐 상배를 만류할 뜻을 내보이지 않았다.

그저 잔뜩 굳은 표정만 내보일 뿐이다.

그러다 곧 묵직한 어조로…

"놈이 공격을 하지 못하게 막아라."

"뭐? 상배를?"

"아니, 저 녀석 말이다. 저 냉혈한."

유오찬의 묵직한 눈이 현성을 향한다.

하긴, 유오찬의 평가처럼 현성은 냉혈한이라고 불릴 만했다.

주변에서 인질들이 짓뭉개지고 있음에도 전혀 흔들림 없이 자신의 싸움에만 집중하고 있었다.

좋게 말하면 집중력이요, 나쁘게 말하면 냉혈한의 표본이라 할 수 있다.

그러나 유오찬은 모르리라.

현성의 분노는 뜨겁지 않고 차갑다는 것을…….

"죽어라!"

초조한 감정이 여실히 묻어나는 목소리로 상배가 소리친다.

놈도 스킬러 유지 시간이 얼마 남지 않았음을 알고 있기 때문이다.

초조감은 다른 이름으로 두려움이다.

놈은 현성의 실력을 내키지는 않았지만 인정하고 있었다.

죽음의 마수!

상배는 현성이 사신이 되어 자신을 덮칠 걸 우려했다.

그러나 이직 그에게 남은 시간은 10초.

상배의 공격이 현성을 다시 노린다.

현성은 놈의 위성처럼 주변을 맴돌던 이전까지의 모습을 버리고 이번엔 멀찍이 물러섰다.

그래 봤자 3미터였지만.

두 사람의 결투장 주변엔 죽은 자들의 파편만이 널브러져 있을 뿐 더 이상 현성의 발목을 잡을 인질들은 없었다.

"칠, 육, 오……."

현성의 입에서 숫자가 나직이 흘러나온다.

마치 허밍처럼 말이다.

상배는 머리털이 곤두섰다.

자신을 바라보는 현성의 차디찬 눈빛과 차분한 저 읊조림.

시간이 없다!

이를 느낀 상배는 전력을 다해 현성을 공격했다.

그 순간 유오찬이 박현숙에게 현성의 정신을 공격하란 명령을 내렸다.

박현숙의 능력은 텔레파시.

현성을 향해 돌진한 상배, 그리고 현숙의 공격.

두 공격이 동시에 현성에게 당도했다.

현성의 얼굴이 순간 크게 일그러졌다.

수백 개의 바늘이 뇌를 찌르는 듯한 고통이 순간 찾아왔기 때문이다.

그는 이 고통을 어금니를 악물며 참아냈다.

상배와 현성의 얼굴이 불과 20센티미터에서 찰나에 마주한다.

현성은 놈을 향해 일그러진 얼굴로 한마디 내뱉었다.

"영."

상배의 얼굴이 순간 굳어진다.

그 순간 상배의 몸뚱이는 제 의지와 전혀 상관없이 허공을 날아오른다.

현성에 의해 허리춤과 멱살이 잡힌 상태였다.

현성은 상배가 달려온 가속도와 체중에다 제힘을 실어 놈을 들어 바닥에 메다꽂았다.

놈은 정수리부터 바닥에 착지했다.

콰지지직.

상배의 머리가 터져 버렸다.

놈의 목뼈와 척추는 가닥가닥 끊어졌다.

비틀.

한쪽 무릎을 세운 자세로 현성이 주저앉는다.

박현숙의 텔레파시 공격은 상배의 완벽한 죽음과 함께 걷혔다.

모두가 현성의 이 한 수에 말문을 닫았다.

심해와 같은 정적만이 주변을 한동안 장악했다.

대규모 인질극이 벌어진 청일 고등학교의 결투는 생중계로 전국에 방영되고 있었다.

TV 앞에서 이를 시청하던 자들 역시 침묵하다가 이내 흥분해서 날뛰기 시작했다.

"와아아아ㅡ!"

"이겼다!"

인질범들의 총구가 현성을 향한다.

현장에 있던 기자가 흥분하여 약속을 어기려 드는 인질범을 맹비난했다.

새로운 긴장감이 청일 고등학교 운동장에 감돌았다.

그러나 이러한 긴장감은 검은색 긴 외투에 커다란 선글라스를 낀 사내로 인해 진정됐다.

유오찬이 나서서 위기일발의 상황을 정리한 것이다.

"약속은 약속이었으니까. 지키겠다."

인질극의 번외 이벤트는 이렇게 끝이 나고 말았다.

수십 명의 인질과 한 명의 인질범이 죽는 것으로 말이다.

"으앙, 엄마!"

"아빠."

"흑흑흑!"

이산가족의 상봉을 연상시키는 장면이 곳곳에서 펼쳐졌다.

자칫 영원한 이별이 됐을지도 모르는 상황을 겪고 극적으로 상봉하게 된 백 명의 인질과 가족들에게선 남다른 감회가 느껴졌다.

그러나 이들보다 더 많은 이들이 제 자식을 품에 안지 못했다.

툭툭.

양철민 팀장이 다가와 현성의 어깨를 가볍게 두드리며 그 노고를 치하했다.

뒤늦게 현장에 도착한 박상철과 이인경이 두 사람에게 뛰어왔다.

남녀 모두 방송으로 현성의 결투를 조마조마한 심정으로 지켜보았다.

"내 딸 살려내라!"

"처음부터 그랬으면 됐잖아. 조금만 일찍 놈을 없앴으면 됐잖아!"

상배의 손에 희생된 인질들의 가족들이 현성을 원망하며 몰려들었다.

경찰들이 급히 이들을 막아섰다.

원망과 비통이 한차례 폭발한다.

그러나 그것도 잠시 모두가 주저앉아 대성통곡하기 시작했다.

"엉엉엉엉. 제민아, 제민아!"

"아이고, 아이고. 내 아들… 내 아들, 석훈아!"

무거운 눈으로 희생자들의 가족을 응시하던 박상철이 씁쓸한 얼굴로 현성을 위로한다.

"넌 최선을 다했어. 다들 비탄에 빠져 잠시 현실 인식이 떨어져서 그래. 그러니까 신경 쓰지 마라."

현성은 침묵했다.

이들은 곧 특수국이 마련한 지휘부로 자리를 옮겼다.

그들이 떠난 자리에는 희생자 가속들의 처절한 울부짖음만이 점점 커졌다.

*   *   *

"오빠! 왜 그 자식을 그냥 놓아준 거야. 상배, 그 새끼가 미친 짓거리를 했지만 그래도 동료잖아!"

박현숙은 상배의 처참한 죽음을 목격한 뒤로 굉장히 흥분해 있었다.

유오찬은 자신을 향해 씩씩거리는 현숙을 바라볼 뿐 즉각적인 대답을 하지 않았다.

상배의 일은 다른 이들에게도 현숙과 같은 기분을 느끼게 했다.

유오찬이 그제야 입을 열었다.

"우리는 저들에게 신뢰받을 수 없는 범법자일 뿐이다. 우리가 먼저 약속을 깨버린다면 저들이 우리의 요구를 수용할까? 당장 저 밖에 배치된 특공대와 죽어가는 구질서에 아부하는 스킬러들의 일제 공격을 받게 될 것이다."

죽어가는 구질서? 유오찬의 표현이 참으로 이상하다.

그러나 이 자리의 어느 누구도 그의 표현을 이상하다고 여기지 않았다.

새로운 질서!

유오찬과 여기에 모인 스킬러들은 새로운 질서를 이끌어 나갈 미래의 선두 주자라는 강한 자부심을 갖고 있었다.

고통 없는 산고는 없다.

이들은 이러한 논리로 무장한 자들이다.

"그래서 그놈을 풀어줬단 거야? 동지들이 이 일을 뭐라 생각하겠어!"

"복수는 언제든 할 수 있다. 지금은 계획이 우선이다."

오찬의 냉정한 태도에 박현숙은 불만이었다.

그러나 달리 생각하면 그의 말에도 일리는 있었다.

광화문 사태와 지금의 인질극은 일반인들에게 반스킬러 정서를 확산시키려는 의도가 포함되어 있었다.

막다른 길에 몰린다면 구질서에 연연하고 있는 대다수의 스킬러들도 어쩔 수 없이 자신들의 뜻에 동참하게 될 테니까.

그 시험 무대가 바로 이곳 대한민국이다. 불행하게도.

현숙은 한발 물러선다.

어차피 희생은 불가피한 요소임을 알기 때문이다.

그럼에도 현숙이 이처럼 흥분한 이유는 자신도 거대한 계획 아래 희생되지 않을까 하는 불안감이 내면에 깔려 있었기 때문이다.

유오찬은 불만을 품고 모여든 사람들을 해산한 뒤 교무실 창가로 걸어갔다.

학교 밖엔 소문을 듣고 찾아온 사람들로 벌써부터 인산인해를 이루고 있었다.

반스킬러 연대의 사람들도 보인다.

저들 중 가장 격렬한 성향의 사람들은 종교적인 입장에서 스킬러를 생각하는 자들이었다.

'너희가 그리 떠들어 봤자 흐름은… 바뀌지 않는다. 절대! 그리고 그놈에겐 특별한 선물을 해줄 것이다.'

특별한 선물이라…….

왠지 위험한 냄새가 오찬의 중얼거림에서 느껴진다.

* * *

팡팡팡!

카메라 플래시가 일제히 터지며 무수한 질문들이 최우민 부국장에게 쏟아진다.

"최 부국장님, 인질범들과의 협상에 진전은 있습니까?"

"소문이 사실입니까? 스킬러 범죄 수용소가 정말 존재합니까?"

"인질범과 결투를 벌였던 요원과의 인터뷰를 요청합니다.".

여기저기서 폭탄처럼 터져 나오는 플래시는 최우민 부국장의 정신을 사납게 했다.

부국장의 경호원들이 기자들을 밀어내며 작은 몸싸움과 고성이 오고 갔다.

최우민 부국장은 급히 발걸음을 옮겼다.

경찰이 길을 확보한 곳에 고급 외제 승용차들이 속속 도착했다.

권력의 칼자루를 쥔 이 땅의 정치인들이다.

이곳의 상황을 선거에 이용하려는 자들. 여기엔 여당이나 야당의 구분이 없었다.

이들을 맞이해야만 하는 최우민 부국장의 속에선 천불이 올라온다.

하지만 어쩌랴. 저들의 눈 밖에 났다간 인생이 한순간에 훅 가는 것을.

"어서 오십시오, 부총재님."

＊　　　＊　　　＊

따리리리링.

차량에서 쉬고 있던 현성은 한 통의 전화를 받았다.

핸드폰에선 아연의 음성이 소음과 함께 흘러나왔다.

"거기 어디냐?"

―오빠, 몸은 괜찮아요?

"멀쩡해. 장은 다 봤어?"

―아, 아니…….

"쯧, 필요한 것들 미리 사두라고 했잖아."

상배를 처리했지만 놈들의 동료들이 멀쩡한 이상 자매의 피신 계획은 변경할 생각이 없는 현성이었다.

그렇다 보니 자신의 말을 따라주지 않은 아연에게 약간의 언짢음을 느꼈다.

무뚝뚝한 말투에 이러한 감정까지 실리다 보니 현성으로부터 한기가 날렸다.

―미, 미안해. TV에서 오빠 나오는 걸 보고 마음이 급해서 그만.

"내 반응이 좀 예민했군. 사과한다. 해지기 전에 장 보고 집에 들어가 있어. 문단속 잘하고. 최대한 빨리 돌아갈 테니까."

현성은 아예 생각조차 못 했다.

자매가 자신을 염려해 한달음에 이곳까지 달려와 있음을 말이다.

학교 주변의 철통같은 통제로 자매는 현성이 있는 곳까지 오기 힘들다.

만나더라도 밖에서 만나야 할 처지다.

아연은 작아지는 목소리로 대답했다.

—아, 알았어요. 그럼 집에서…….

아연이 말을 다 끝맺기도 전에 희연의 목소리가 희미하게 현성의 귀에 들린다.

그 내용이 현성을 의혹에 빠뜨린다.

—언니, 안 되겠어. 경찰들이 통제해서 더는 앞으로 못 가겠어. 아저씨와는 연락했어? 뭐래?

현성은 자동차 창문을 내렸다.

스킬러를 지탄하는 사람들의 목소리와 사이렌, 까칠한 확성기의 음성이 쏟아지듯 차내로 들어온다.

창문을 닫은 현성은 내려놓았던 핸드폰을 다시 귀에 밀착했다.

차창 너머 소음과 핸드폰에서 들려오는 소음이 일치한다.

이는 자매가 이 근방에 와 있음을 의미하는 게 아니겠는가.

"너, 이곳에 와 있는 거냐?"

현성의 어감은 굳고 거친 느낌이다.

당황해서 떠듬거리는 아연의 목소리가 핸드폰에서 흘러나왔다.

—아, 아니에요. 거기가 어디라고…….

—언니, 무슨 말이야?

―쉿! 희연아, 조용히 해.

제 딴엔 핸드폰을 멀찍이 떨어뜨려 놓고 희연에게 사정을 설명하는 아연이다.

그러나 이 때문에 핸드폰은 주변의 소음을 여과 없이 흡수하여 현성에게 들려주었다.

현성의 짐작은 더욱 확실해졌다.

통화가 다시 이어지자 현성은 약간 굳은 음성으로 자매의 위치를 빠르게 물었다.

모든 게 들통 나버리자 아연은 당황하여 꽤 오랫동안 더듬거렸다.

"알았다. 거기 얌전히들 있어. 지금 갈 테니까."

현성이 차량 밖으로 나오자마자 굶주린 승냥이 떼처럼 기자들의 카메라 렌즈가 그를 향해 달려들었다.

경찰의 통제 선이 설치되지 않았다면 저들에게 포위되어 현성은 세사리에서 옴짝달싹 못했으리라.

고심의 흔적이 현성의 얼굴에 짙어진다.

마침 인경이 현성을 찾아왔다.

현성은 인경에게 상황을 설명한 뒤 사람들의 눈을 피해 몰래 빠져나갈 방법을 구했다.

"걔들이 여기까지 왔다고? 둘이 널 끔찍이도 아끼나 보다. 좋겠네. 둘 다 대단한 미소녀들이잖아. 호호."

"농담할 생각은 없습니다. 여길 빠져나갈 방법이 없겠습니까?"

현성의 진지한 태도에 인경은 질렸다는 표정으로 고개를 몇 번 내저은 뒤 자신만만한 태도를 드러냈다.

"당연히 있지."

"무슨 방법입니까?"

"간단해. 변장! 아, 그전에 네가 만날 분들이 있어."

변장은 현성도 떠올렸던 방법이다.

하지만 문제는 현장 분위기상 이것이 통할 것 같지 않았다.

경찰의 통제 선 안쪽의 사람들이 나가면 기자와 사람들이 순식간에 에워싸 버렸다.

이런 상황에서 가장 주목받고 있는 자신이 나갔다간 사태는 돌이킬 수 없는 진퇴양난에 빠질 공산이 농후했다.

자매를 만난 후라면 모를까 만나기 전인 지금은 능력을 사용할 수도 없었다.

"그보다 그게 통하겠습니까?"

"걱정은 붙들어 매라."

인경의 넘치는 자신감에 일단 그녀를 믿어보기로 했다.

한고비를 넘기자 현성은 그녀가 앞서 했던 만날 사람들이 있다는 말이 떠올랐다.

"누가 절 찾습니까?"

"사진 찍기 좋아하는 골 빈 양반들이 단체로 유람 왔다. 쳇, 다들 오늘의 주인공인 너와 사진 한판 찍기를 원하더라고. 부국장님도 어쩔 수 없나 봐. 네가 오늘은 특수국 얼굴마담 좀 해줘야겠다."

인경의 말투는 가벼웠지만 그녀의 표정에선 말투와 달리 날카로운 짜증이 묻어 나오고 있었다.

현성은 인경이 언급한 골 빈 양반들이 누구인지 대번에 알아차렸다.

"가죠."

"괜찮겠어?"

"어차피 부국장님께 부탁할 일도 있으니 겸사겸사 얼굴마담… 그거 하겠습니다."

순순히 응하는 현성의 태도에 인경은 놀란 표정을 짓다가 곧 환히 웃으며 그를 격려했다.

"잘 생각했어. 사회생활이란 게 어디 좋은 것만 할 수 있겠어. 오늘 일이 분명 너에게도 플러스 요인으로 작용할 거야. 자, 가자."

현성은 인경과 함께 지휘 본부로 향했다.

마음에도 없는 인사와 장광설의 공치사를 들은 현성은 골 빈 양반들과 일일이 사진을 찍었다.

그렇게 한 시간을 허무하게 날려 버린 현성은 조기 퇴근의 허락을 부국장에게서 얻어낼 수 있었다.

인경이 어디서 가져왔는지 경찰 복장과 모자를 현성에게 건넸다.

이를 입고 나오자 인경은 만족스러운 표정으로 말했다.

"아무도 몰라보겠다."

"고맙습니다. 그럼 먼저 가보겠습니다."

"그래, 내 안부 전해주고."

"예, 그럼 수고하십시오."

처음엔 혹시 걸리지 않을까 염려했던 현성은 점점 자신감이 붙었다.

안으로 들어오려는 자들은 많아도 빠져나가려는 자들이 없다시피 했기에 현성은 아연과 희연 자매가 기다리는 곳으로 고생 없이 찾아갈 수 있었다.

툭.

현성이 아연의 어깨를 건드렸다.

사람들이 많다 보니 이 정도의 접촉은 아연의 관심조차 못 받는다.

자매는 엉뚱한 곳을 바라보느라 목을 길게 빼고 있다.

내심 고개를 내저은 현성은 아연의 팔을 잡아 뒤로 당겼다.

그제야 아연이 돌아본다.

경찰이 자신의 팔을 붙잡고 있자 아연은 깜짝 놀랐다.

"어, 오빠."

반가움을 드러내는 아연, 그리고 뒤늦게 언니가 다른 이를 바라보고 있는 걸 발견한 희연.

현성을 알아본 희연의 굳은 표정이 곧 풀린다.

이들의 주위에 있던 자들은 불만이 가득한 목소리로 한 소리씩 하고 있었다.

지금 벌어지고 있는 인질극에 관한 것이다.

"저런 나쁜 놈의 새끼들을 왜 쓸어버리지 않는 거야!"

"스킬러들이 나타나는 바람에 세상이 괴상하게 꼬여 버린 것 같아. 세상이 어찌 되려는지."

"재앙이지. 암, 재앙이고말고. 어떤 목사는 이걸 말세의 징조라고 말하더군."

"그래도 나쁜 스킬러만 있는 게 아니라서 다행이지 않아? 아까도 사지나 다름없는 곳으로 들어가서 인질을 빼내온 국정원 스킬러도 있었잖아."

"아, 그 친구! 나도 봤어. 정의감과 직업의식이 투철한 친구 같더군. 그런 스킬러가 많아야 좋을 텐데."

현성은 사람들의 말을 귓등으로 흘리며 자매와 함께 인파를 헤치고 걸었다.

국가권력을 향한 불평불만이 쏟아졌지만 현성의 복장을 보곤 곧 입을 다물었다.

겨우 사람들이 없는 곳으로 온 일남이녀의 입에선 지친 한숨이 흘러나온다.

"오빠, 어떻게 된 거예요? 몸은 괜찮아요?"

아연의 손이 현성의 몸을 더듬는다.

옆에서 이를 본 희연이 깍쟁이 같은 표정으로 한마디 한다.

"그거 성추행 아냐, 언니?"

아연은 그제야 자신의 행동이 지나쳤음을 깨달았다.

노을처럼 얼굴이 붉어진 아연이 허둥지둥거렸다.

그 모습에 조금은 화가 났던 현성은 그런 마음이 눈 녹듯이 사라졌다.

"얘는 못하는 말이 없어. 난 그저 오빠가 다쳤으면 치료해 주려는 마음이 앞섰던 것뿐이야. 절대! 다른 뜻은 없었어."

이곳까지 오는 내내 굳어 있던 자매의 표정은 현성의 무사함을 두 눈으로 확인하고 나서야 화색이 감돌기 시작했다.

"칫, 누가 뭐래?"

아웅다웅대는 자매를 잠시 바라보던 현성은 주변을 살폈다.

다행히 이곳을 주의 깊게 바라보는 사람들은 없었다.

그래도 모를 일이라 현성은 자매와 함께 골목 안쪽으로 더 깊이 들어갔다.

집으로 공간 이동을 하기 위함이다.

파앗!

*　　　*　　　*

공간 이동을 사용해 집으로 돌아온 현성은 자매와 함께 마트로 향했다.

상배는 제거했지만 놈의 동료들은 아직 두 눈 시퍼렇게 뜨고 있었다.

그래서 현성의 계획은 철회되지 않았고 자매는 그의 뜻을 거부하지 않았다.

집 밖 세상은 온통 청일 고등학교에서 발생한 인질 사건으로 떠들썩했다.

그리고 간간이 현성의 이야기도 나온다.

"그 오빠 멋지지 않아? 표정 봤어? 시크 남의 표본 같았어."

"그렇지. 그런데 그 오빠 어디서 본 것 같지 않아?"

"그러게. 어디서 본 것 같기도 한데……."

여고생들이 우르르 현성과 자매의 곁을 스쳐 지나간다.

모자를 눌러 쓰고 있던 현성은 다행히 수다스러운 여고생들의 눈에 띄지 않았다.

아연과 희연은 벼락스타가 된 현성을 바라보며 괴이한 표정을 지었다.

그렇다고 이에 흔들리거나 난감해할 현성이 아니다.

"목록에 있는 것들부터 사."

현성의 재촉에 자매는 쫓기듯이 마트 이곳저곳을 돌아다니며 동면 채비를 서두르는 곰처럼 카트에 물품을 담았다.

물품을 모두 구매하자 그 양이 무려 다섯 박스에 이르렀다.

적지 않은 지출이 발생했지만 안정된 직장과 유산이 있는 현성에게 있어서 이쯤은 그의 재산에 비해 티도 안 날 금액이다.

그런 그와 달리 아연은 자신들 때문에 현성이 큰돈을 쓴 것 같아 미안해서 눈치 보기에 바쁘다.

희연 역시 미안했던지 표정에서 제 감정을 살짝 드러냈다.

마트에 배달을 의뢰한 현성은 자매와 함께 요리 재료만 들고 집으로 돌아왔다.

그런데 그의 집 앞이 동네 사람들과 취재진들로 장사진을 이루고 있었다.

"왜 남의 집 앞에서 진을 치고 있지?"

희연이 못마땅한 표정으로 사람들을 차갑게 쓸어 본다.

현성은 희연이 자신의 집을 제집처럼 여긴다는 것을 오늘 처음으로 그녀의 태도를 통해 알게 되었다.

이 점이 현성의 기분을 좋게 만든다.

아연 역시 현성이 느끼는 감정을 똑같이 느낀 듯 희연을 멀뚱히 쳐다보다가 동생과 눈이 마주치자 어색하게 웃으며 고개를 돌렸다.

그 순간 희연은 부끄러움이 들었는지 괜히 투덜거렸다.

그때 동네 주민 하나가 현성과 자매를 발견하고 소리쳤다.

"아! 저기요. 저 사람입니다."

모든 사람이 현성과 자매를 향해 고개를 일제히 돌렸다.

현성과 자매를 난처하게 만든 이는 현성의 가게 맞은편에서 빵집을 운영하는 남자였다.

사람들은 마치 비탈길을 굴러 내려오는 바위처럼 이들을 향해 쇄도했다.

그러고는 질문을 폭풍처럼 쏟아냈다.

"선우현성 씨죠?"

"현성 씨, 동명일보 기자입니다."

현성은 더 이상 평범한 동네 총각이 아니다.

전 국민의 관심을 한 몸에 받게 된 스타로 등극했다.

아니, 영웅이란 표현이 적당할 것이다.

과도한 관심과 애정, 그리고 환호는 이십 대 초반의 청년을 들뜨게 하기에 충분하다.

그러나 현성은 보통의 청년들과는 마음가짐부터 남다른 구석이 많다.

이 때문에 모두의 관심은 현성에겐 목에 박힌 가시이자 눈에 박힌 대들보처럼 답답한 이물질에 불과했다.

현성과 자매는 호기심과 열의로 불타오르는 사람들에게 포위당해 그 자리에서 옴짝달싹할 수 없는 처지로 전락해 버렸다.

능력을 이미 써버린 현성은 이곳을 피해 나갈 재주가 없었다.

막막하다.

그때 희연이 두 사람의 손을 움켜잡았다.

"앞으로 뛰어."

현성과 아연이 뭐라 할 사이도 없이 희연이 능력을 발휘한 뒤 뛰었다.

어쩔 수 없이 현성과 아연은 이 움직임에 동참할 수밖에 없었나.

세 사람의 몸은 유령처럼 사람들의 몸을 통과하여 눈 깜짝할 사이에 집 안으로 들어갔다.

타인이 자신의 몸을 통과할 때의 느낌은 말로 설명할 수 없을 만큼 기묘하고 두렵다.

그래서 다들 넋이 빠진 얼굴로 그 자리에서 꿈쩍도 못 했다.

그러나 이것도 잠시, 곧 정신을 차린 사람들은 현성의 집 앞으로 다시 몰려가 장사진을 펼쳤다.

와글와글.

웅성웅성.

한숨을 돌린 아연이 걱정이 가득한 눈으로 제 여동생을 보며 염려의 잔소리를 토악질하듯 쏟아냈다.

"희연아, 너 어쩌자고 사람들이 있는 곳에서 능력을 쓴 거야. 그러다 다치거나 놀라는 사람들이 생기면 어쩌려고 그래."

"그럼 거기서 하루 종일 동물원 원숭이처럼 구경거리가 되는 게 옳아? 내가 나쁜 일한 것도 아니잖아!"

나름 자신의 선택이 옳았다고 생각하던 희연은 언니의 야단에 순간 울컥했다.

자매가 이리 말다툼을 벌이자 그 중간에 낀 현성은…

'안팎이 다 시끄러운 날이군.'

오늘 하루를 이리 단정 내리며 2층으로 올라간다.

계단 중간에서 걸음을 멈춘 현성은 자신을 빤히 응시하는 자매를 향해 한마디 한다.

"배 안 고프냐? 싸움은 나중에 하고 우선 밥이나 먹자."

현성의 무덤덤한 표정과 느슨한 말투에 자매의 산불 같은 의견 충돌은 폭우를 만난 듯 진화된다.

자신을 나무라는 언니에게 섭섭함이 큰 듯 희연은 입을 꾹 닫은 채 현성을 스쳐 지나 2층으로 올라가 버렸다.

"저 녀석이……."

아연은 제 마음을 몰라주는 여동생의 태도에 안타까움을 느낀 듯 침울한 기색을 지우지 못했다.

"희연의 선택이 나쁜 건 아니다. 그 상황이었다면 나도 그랬을 테니까."

"하지만 법으로 금지된 일이잖아요. 잘못하면 오빠에게도 피해가 갈 수 있었어요. 그들이 우리를 공격하려는 것도 아니었잖아요. 말로 양해를 구해도 벗어날 수 있었던 상황이었어요."

아연은 현성과 여동생이 사람들에게 꼬투리를 잡히는 게 싫었다.

그러다 보니 언성을 높이고 말았다.

지나서 생각하니 굳이 그렇게까지 화낼 필요는 없었는데……

차분함을 되찾은 아연은 그제야 후회의 마음이 슬며시 들었다.

"지나친 건 그들이지 희연이 아니다. 그만 잊고 밥이나 먹자. 모두에게 오늘 하루는 너무 힘들었잖아."

현성이 목소리를 부드럽게 누그러뜨리며 아연의 마음을 날랜다.

그래 봐야 평소 그의 언어 습관과 별 차이가 없다.

하지만 아연은 분명하게 느낄 수 있었다.

그가 자신을 위로하고 안심시켜 주려 한다는 사실을 말이다.

경직되었던 아연의 마음은 그 순간 놀랍도록 부드럽게 풀리고 있었다.

제12장
유명세

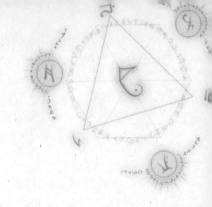

현성은 어젯밤 회사에 연락하여 장기 휴가를 일방적으로 통보하듯 신청했다.

들어주면 좋고 안 들어준디먼 무딘걸근을 해서라노 상행할 생각이었다.

청일 고교 사태를 주도적으로 풀어나가야 할 입장의 특수국에선 한 사람의 요원이 아쉬웠다.

더욱이 현성은 공간 이동 스킬러라 그 쓰임이 어떤 면에선 더욱 절실하다고 할 수 있었다.

그러나 이번 일의 공적과 대중의 적극적인 관심이 현성을 향해 쏟아지는 점을 참작하여 국정원은 현성의 요청을 받아들였다.

와글와글.

기자와 경찰과 시민들이 현성의 집 앞을 물샐틈없이 포위하고 있었다.

숫자는 더 늘어나 있다.

어젯밤부터 시작된 포위망은 이른 아침인 지금도 여전히 풀릴 기미가 보이지 않았다.

커튼 사이로 밖의 동정을 살핀 현성은 지금의 상황이 영 못마땅했다.

사생활이란 대중이 관심을 보이는 그 순간 물거품처럼 사라지는 게 세태다.

아래층으로 향해 있는 낡고 오래된 계단이 현성의 체중에 눌려 골골대는 노인처럼 앓는 소리를 낸다.

이 소리는 현성에게 안정감과 편안함을 준다.

저 밖, 단단히 닫힌 문을 통과한 부주의한 소음과는 반대였다.

현성은 곧장 지하 창고로 내려갔다.

판매용 장례 용품이 늘어선 곳을 지난 현성은 안쪽 구석진 곳에 놓아둔 고동색 나무 상자를 들어 박스 위에 올려놓았다.

이 상자는 현성에게, 그리고 돌아가신 그의 부모에게 깊은 의미가 담긴 물건이었다.

괴이하게도 상자 안엔 사용한 흔적이 역력히 남은 어린아이용 수의 한 벌이 곱게 개어져 있었다.

수십 년의 세월이 여기서 묻어 나온다.

'이젠 버릴 때가 됐지.'

현성이 보고 만지던 수의는 누군가의 정성이 한 땀 한 땀 담긴 수제품이다.

지금은 현성의 기억에서 희미해져 버렸지만 어머니의 눈물과 땀이 수의에 고스란히 담겨 있다.

이 수의는 현성의 것으로, 그는 실제 이 수의를 입고 영면에 들기도 했었다.

당시 현성의 아버지가 관을 토장하려는 것을 그의 어머니가 애걸복걸하여 하루의 말미를 더 얻지 못했다면 지금의 현성도 이 자리에 없었을 것이다.

오랫동안 방치한 상자를 옆구리에 낀 현성은 곧장 자신의 방으로 걸어갔다.

그의 기척을 듣고 부엌에서 앞치마를 입고 한손엔 국자를 든 아연이 복도로 종종걸음으로 나왔다.

말총머리를 한 그녀의 모습은 현숙한 어여쁜 새색시를 보는 듯하다.

"어디 갔다 오시는 길이에요?"

현성이 옆구리에 끼고 있는 상자에 아연의 눈길이 머문다.

"아래층에."

하긴, 지금 이 상황에 집 밖으로 나갔다간 어제처럼 사람들의 포위망에 갇혀 오도 가도 못할 것이다.

그러니 외출은 생각할 수도 없다.

"식사 준비 다 되어가요. 조금만 기다리세요."

아연은 현성의 표정이 밝지 않은 이유가 저 밖의 사람들 때문이라고 생각했다.

그녀 역시 밤새 저 밖에 진을 치고 있는 사람들이 신경 쓰여 새벽까지 뒤척이다 겨우 선잠을 이룰 수 있었다.

마침 화장실에서 희연이 나온다.

어제의 다툼은 밤새 말끔히 사라진 듯 자매는 평소와 다름없었다.

일신상의 문제로 자매는 학교를 쉬게 되었다.

장래를 생각하면 이는 두 사람의 앞날에 부정적인 요인이 될 것이다.

그러나 일신의 안전이 위협받는 입장에서 이는 사치일 뿐이다.

희연이 어색한 표정과 태도로 현성이 알아볼 수 있도록 먼저 인사를 건네왔다.

흔치 않은 일이다.

아니, 처음이다.

그간 현성을 향한 희연의 닫힌 마음의 문이 드디어 활짝 열렸음을 의미한다.

정에 굶주린 이들은 의외로 정을 주는 데 인색하다. 반면 한 번 주면 그 정은 대들보처럼 튼튼하여 쉽게 휘어지거나 변형되지 않는다.

"아저씨, 안녕히 주무셨어요."

그녀의 고집스러운 저 아저씨라는 호칭만 어찌 갈아치워 준다면 좋으련만. 뭐, 이에 일희일비할 현성도 아니다 보니 그녀의 작은 태도 변화만으로도 만족한다.

"그래."

큰 변화를 보인 희연과 달리 현성에게선 그러한 변화가 전혀 없었다.

사시사철 늘 푸른… 소나무처럼 말이다.

그러나 이는 겉으로 보인 모습일 뿐 실제 그는 희연의 태도를 반기고 있었다.

제 방으로 들어온 현성의 입가에 작은 미소가 빠르게 스쳐 간다.

방 한쪽엔 빵빵한 몸집의 배낭 두 개가 비스듬한 자세로 벽에 기대 서 있다.

현성은 지하실에서 가져온 상자를 그 옆에 놓아두었다.

오늘 능력이 회복되면 그는 자매와 함께 당분간 서울을 떠나 있을 생각이었다.

이들의 목적지는 산골 외딴 너와집으로 일 년에 한 번, 혹은 이 년에 한 번 현성이 찾던 곳이다.

가는 길이 험하다 보니 이마저도 최근 삼 년은 가지 못했었다.

사람의 손이 닿지 않다 보니 여기저기 손볼 곳이 많으리라.

그에 필요한 연장도 이미 챙겨둔 현성이다.

똑똑.

"오빠, 식사하세요."

"어."

현성은 화장실에 먼저 들러 씻은 뒤 주방으로 들어갔다.

받침대 위에 뚝배기 된장찌개가 아직도 흰 김을 뿜어대며 끓고 있었다.

스무 살도 안 된 여고생의 음식 솜씨치고 아연의 솜씨는 썩 훌륭하다.

덕분에 아침과 저녁이면 입이 호강하는 현성이었다.

"먹자."

타인에서 지금은 가족이 된 일남이녀는 화목과 정을 소소한 일상에서 이처럼 쌓아가고 있었다.

식사 후, 현성과 자매는 딱히 할 일이 없었다.

아연은 거실에서 차와 과자를 놓고 소설책을 읽었고, 희연은 컴퓨터를 했으며, 현성은 창가와 TV 앞을 수시로 오갔다.

TV에서 중점적으로 다루는 내용은 역시 청일 고등학교의 인질극과 짬짬이 현성에 관한 기사였다.

반복적인 이러한 내용은 현성을 지겹게 만들었다.

케이블 영화 채널로 채널을 돌린 현성은 마음에 드는 영화가 없는지 곧 꺼버렸다.

책을 읽으면서도 앞에서 알짱거리는 현성으로 인해 그 내용이 눈에 들어오지 않을 텐데도 아연은 싫은 기색도 없이 거실에서 자리를 옮기지 않았다.

"심심해요?"

"아니."

아연이 책을 덮고 현성의 옆으로 다가와 앉는다.

현성은 아연에게서 은은한 오이 비누 냄새를 맡았다.

이 냄새를 싫어하는 사람들도 있겠지만 현성은 그런 부류가 아니었다.

여기에다 아연의 온기마저 전해지니 그게 좋아 뿌리를 내리 듯 제자리를 사수하는 현성이다.

"저기, 오빠."

"응."

"고마워요. 진심으로 저흴 돌봐줘서."

조곤조곤한 말씨는 아연의 성품과 닮았다.

현성은 아연을 바라보다가 곧 꺼진 TV화면으로 시선을 이 동했다.

아연을 여자로 봤기 때문일까? 그래서 부끄러운 마음에 시 선을 회피한 것일까? 아니다.

아연은 모르겠지만 현성이 그녀에 대해 안 것은 꽤 오래전 이었다.

그때 아연의 나이는 불과 일곱 살이었다.

자매의 어머니는 아버지의 폭행과 생활고에 지쳐 도망을 쳤 다.

아내를 찾기 위해 집을 나간 아버지로 인해 어린 자매는 한 달여를 방치됐다.

쌀은 떨어졌고 월세를 못 내 주인의 험악한 독촉이 끊이지 않았다.

굶주림으로 아이들은 나날이 지쳐 가고 있었다.

굶주린 제 여동생의 배를 수돗물로 채우는 것도 한계에 다다랐다.

동생에게 뭐라도 먹일 생각에 밖으로 나온 일곱 살 계집아이가 무엇을 구할 수 있겠는가.

세상은 온갖 음식 냄새로 차고 넘쳤다.

그러나 그 음식을 구매할 수단이 어린 아연에게는 없었다.

지치고 굶주린 아연에게 이 세상은 비정하고 냉혹한 정글일 뿐이었다.

당시 현성은 구멍가게 앞 전봇대에 기대어 멍한 눈으로 진열된 라면만을 하염없이 바라보는 어린 아연을 보게 되었다.

때가 긴 작은 손을 꼬물거리는 여자아이에게 가게의 문턱은 세상에서 가장 높은 산이었다.

몇 시간을 멍하니 서 있던 아이는 강렬한 인상으로 현성에게 남았다.

그날 처음으로 현성은 돼지를 잡았다.

물론 산 돼지가 아니라 자신의 저금통이다.

돼지의 배를 가른 현성은 그 돈으로 식품을 구매해 자매의 집에 몰래 갖다 놓았다.

그 뒤로도 틈틈이 그는 음식을 자매에게 비밀리에 배달하곤 했다.

키다리 아저씨처럼 말이다.

물론 이 사실을 아연은 지금까지도 알지 못한다.

현성과의 인연을 그녀는 최근이라 생각하고 있었다.

"준비물은 다 챙겼어? 산속 생활은 힘들다."

"든든히 준비했잖아요."

아연은 현성이 자신의 감사에 쑥스러워한다는 느낌을 받았다.

현성은 자신을 빤히 응시하는 아연의 맑은 시선에 그답지 않게 어색한 헛기침으로 슬쩍 회피했다.

이에 아연이 야릇하게 피식 웃었다.

"흠, 왜 웃는 거지?"

찔리는 구석이 있는 사람처럼 아연의 표정이 잠시였지만 샐쭉해졌다.

"내 웃음이 기분 나빴어요?"

"그런 건 아니지만."

"참, 오빠는 그 산골 집을 어떻게 알게 됐어요?"

꽤 의문이 깊었을 텐데도 이제야 물어보는 아연이다.

현성이 자매의 안전을 위해 고려한 곳은 지리산 깊은 곳으로, 일생을 가족들에게 무정하게 대하며 살다 가신 그의 외조부가 말년을 지냈던 장소다.

현성의 외조부는 사람들이 흔히 말하는 기인이다.

또한 그 장소는 교통사고로 목숨을 잃은 현성의 어머니의 시신이 묻힌 곳이기도 하다.

가끔 외로움이 사무칠 때마다 현성은 산골 그 집을 찾아가 곤 했었는데 최근 삼 년은 발길을 뚝 끊었었다.

"그냥."

시시콜콜 자신의 개인사를 경박하게 떠벌릴 현성이 아니다.

"그렇구나."

자리에서 일어선 현성을 쫓아 아연도 덩달아 일어났다.

현성은 그녀의 하얀 얼굴을 내려다보다 곧 의아함이 깃든 목소리로 묻는다. 짧게.

"왜?"

"점심시간이잖아요. 자장면 먹을래요?"

"배달?"

"아뇨, 어제 냉동식품 코너에서 자장면을 사놓았어요. 군만 두도 있는데."

현성의 점심 전용 식습관을 고려해 나름 알뜰히 준비해 둔 아연이다.

덕분에 생각지도 못한 호사를 누리게 된 현성이다.

"기대하지."

＊　　＊　　＊

스킬러의 능력은 얄짤없다.

횟수 능력은 24시간에 딱 한 번, 지속은 정확히 60초다.

엄격한 이 규칙은 대부분의 스킬러들에겐 불만의 요소일 것이다.

만약 이러한 제약이 그들에게 없었다면 스킬러들의 태도는 지금보다 더 달라졌을지도 모른다.

'시간이 됐군.'

잠깐 눈을 붙였던 현성은 자리에서 일어나 거실로 자매를 불렀다.

전기, 수도, 가스 공급이 안 되는 외진 지역이다 보니 먹고살기 위해 준비해야 할 것들이 많아서 짐은 마치 이삿짐과도 같다.

커다란 배낭 여섯 개와 다섯 개의 박스를 옮기는 것도 결코 쉬운 일이 아니다.

"다 모았어요."

여행의 의미를 부여한 듯 아연은 설렘을 드러냈다.

위험을 피해 숨는 의미가 큼에도 말이다.

희연 역시 제 언니의 심정과 같은지 그 얼굴이 보기 좋게 상기되어 있었다.

"아저씨, 근데 이걸 다 어떻게 옮기죠?"

"옮길 수 있어."

현성은 그 방법을 간략하게 설명했다.

그 방법이란 것이 매우 간단하여 자매는 허탈감을 느꼈다.

아연과 희연이 좌우에서 현성의 손을 잡고 물건들은 한 덩이로 만든 뒤 현성의 신체 일부와 접촉.

이것이 설명의 요지였고 그의 짧은 설명 중에 모든 것이 다

정리되어 버렸다.

능력의 실용적인 측면과 효율성을 따진다면 공간 이동 스킬러야말로 스킬러 중 상위에 들어가지 않을까 싶다.

"다 가져갈 수 있겠어요?"

조금은 미심쩍은 표정으로 아연이 현성을 바라보며 묻는다.

희연 역시 마찬가지였지만 이제까지 봐온 현성은 실언할 사람이 아니었기에 조용히 지켜보기로 한다.

현성은 아연의 의문에 답을 내리지 않았다.

보여주면 그만인데 굳이 에너지를 소모할 필요가 없었다.

"간다."

팟!

세 사람은 집 안에서 감쪽같이 사라졌다.

그러나 저 밖의 사람들은 그들이 보고자 원하는 자가 없어진 것을 알지 못한 채 그 입구만 틀어막고 있었다.

현성의 능력은 대외적으로 알려지지 않았다.

어제 사람들의 몸을 통과했던 능력을 그의 능력으로 보는 사람들도 많았다.

어스름을 머금은 쌀쌀한 산속 공기가 일남이녀의 폐부 깊은 곳으로 스며든다.

계절은 늦가을로 치달리고 있다.

아직 도시는 적당한 기온이나 문명의 손길이 아예 미치지 않은 이곳은 초겨울 날씨를 연상시킨다.

몰아치듯 들어오는 한기에 아연과 희연이 깜짝 놀란다.

설마 이렇게까지 날씨가 쌀쌀할 줄 두 사람은 전혀 예상하지 못했다.

현성이 앞서 했던 '옷 든든히 입는 게 좋을걸'이란 말을 흘려들은 실수였다.

"아, 엽서에서 본 너와집이다!"

달빛 아래 웅크린 시커먼 가옥을 눈에 담은 희연의 입에서 연방 탄성이 터져 나왔다.

넓진 않지만 평평한 마당이 있고 가옥 왼쪽에서부터 시작한 텃밭은 열한 시 방향까지 이어져 있었다.

지금은 잡초로 무성하다.

집 주변은 산에서 구한 제각각의 나무로 울타리를 만들어 동물의 침입을 방비하고 있었다.

하지만 오랫동안 방치된 울타리는 텃밭처럼 그 능력을 완전히 상실한 모습이다.

현성은 망치를 짐에서 꺼낸 뒤 문과 창틀에 박아둔 판자를 떼어냈다.

"들어가자."

집 안은 온통 뿌연 먼지로 가득했다.

집 안 부엌엔 근처 개울과 연결된 관이 있다.

관의 주둥이에 꽂아둔 마개를 빼버리자 맑은 물이 그 아래 놓아둔 대야로 시원하게 떨어져 채워진다.

자매에게 이 가옥은 소박한 신천지였다.

그러나 지금은 해야 할 일들이 태산처럼 눈앞에 펼쳐져 있었기에 감탄만 하고 있을 여유가 없었다.

집 안 청소는 자매가 맡아서 하기로 했다.

현성은 창고로 가서 땔감의 양을 확인했다.

창고의 반이 땔감으로 차 있었다.

많은 양이었지만 이것으로는 긴 산중의 겨울을 나기에는 역부족이다.

잘 마른 땔감을 챙긴 현성은 집 안의 난방을 담당하는 부엌 옆 큰 아궁이 앞으로 갔다.

아궁이 청소를 끝낸 뒤 부싯깃을 아래에 깔고 바싹 마른 땔감을 공기가 잘 통하도록 조절해 놓았다.

능숙한 솜씨였다.

타닥타닥.

도시에서 그를 짓누르던 스트레스는 흰 연기와 함께 연통 밖 검푸른 하늘로 높이 올라가 사라진다.

평소 보기 힘들었던 부드러운 표정이 현성의 얼굴에 머문다.

입구를 지나가던 아연이 걸음을 돌려 안쪽으로 들어온다.

실제로 지펴진 아궁이를 보는 게 처음이라 그녀는 이를 무척이나 신기해했다.

"나무 타는 냄새가 참 좋네요, 오빠."

"그렇지."

잠시 청소 도구를 한쪽 옆으로 내려놓은 아연은 현성의 옆에 엉덩이를 붙이고 앉아 좀 더 자세히 아궁이 속을 쳐다봤다.

희연도 나무 타는 냄새를 맡았는지 코를 킁킁거리며 들어왔다.

세 사람은 나란히 앉아 넘실대는 아궁이 속 불꽃을 마치 재미난 영화를 보듯 넋을 놓고 보았다.

청소는 완전히 뒷전이다.

"고구마 산 거 있는데 구워 먹을까요?"

아연이 평소보다 높고 밝은 톤의 음성으로 현성에게 제안했다.

다들 출출했기에 아연의 제안은 만장일치로 빠르게 통과됐다.

아연이 짐을 놓아둔 곳으로 종종걸음을 놓은 사이 삐딱한 시선으로 희연이 현성을 쳐다보았다.

"할 말 있으면 해."

질문이 있을 때마다 희연은 이러한 행동을 했다.

흘려볼 수 있는 자잘한 행동이었지만 현성은 희연의 이런 특징을 파악하고 있었다.

의외로 섬세한 현성이다.

"우리 언니 예쁘죠?"

"······!"

"우리 언니 좋아해요?"

"······?"

"말이 없는 걸 보니 긍정인가 보네요."

"잠시 당황해서 대답하지 못했을 뿐이다. 그런데 왜 그런 질문을 하는 거지?"

대답과 달리 의표를 찔린 현성은 그다지 당황해하는 기색을 보이지 않았다.

이는 그의 습관이 된 포커페이스 때문이지 희연을 의식하여 일부러 표정 관리하는 것은 아니다.

"여자에게 잘해주는 남자는 딱 두 부류래요."

희연은 마치 고상하고 해박한 학자처럼 말했다.

현성의 반응을 기다리지 않고 희연은 말을 이어나갔다.

처음부터 그녀는 그의 말을 들을 생각이 아니었던 것이다.

"첫째는 가족인 남자, 둘째는 그 여자를 소유하고 싶은 남자."

"음, 극단적인 이야기로군."

"아니라고 생각해요? 그럼 아저씨가 언니에게 잘해주는 목적은… 목적이란 단어는 날카로우니까 이유라고 해두죠. 아, '나 때문에 잘해준다!' 라는 우는 아이 입에 되지도 않는 사탕 넣어주는 소린 할 필요 없어요. 전 우는 어린아이가 아니니까요."

당돌하고, 다부지고, 완벽한 언변으로 희연은 현성을 궁지에 몰아넣었다.

그녀는 진심으로 그의 대답을 듣길 원했다.

잠시 생각을 정리한 현성은 아궁이에 땔감을 밀어 넣으며 진지한 어조로 대답했다.

"내 생각을 묻는 것이라면 난 가족인 남자였으면 싶다."

현성의 얼굴을 뚫어버릴 듯이 희연은 그를 오랫동안 쳐다보았다.

그의 대답에 가타부타도 하지 않고서.

마침 아연이 들어와 두 사람 사이에 흐르던 긴장감을 유난히 쾌활한 목소리로 걷어냈다.

"오늘 저녁은 고구마로 때워요. 다들 괜찮죠?"

산속 생활 첫날 밤은 이렇게 고소한 군고구마 냄새와 함께 익어가고 있었다.

"앗! 고구마는 김치인데. 깜빡했네. 금방 가져올게요."

"언니는 그거나 마저 먹어. 내가 가져올 테니까."

"위치는 알아?"

"나 장님 아니거든. 아까 청소하면서 봤어."

"갔다 와. 내가 다 먹기 전에. 호호."

"그런 날을 내 생전에 봤으면 좋겠어. 갔다 올게."

여운을 주는 의미심장한 말을 남긴 희연이 잰걸음으로 김치를 가지러 간다.

타닥타닥.

평소 대화가 잘 이루어지지 않던 희연과 달리 그 반대였던 현성과 아연 사이에 침묵이란 이름의 강물이 도도히 흐른다.

"저기… 오빠."

"응."

"아, 아니에요. 하나 더 까 드려요?"

"됐어. 김치 오면 먹을래."

"헤, 나도 그래야겠네."

이 대화를 끝으로 다시 흐르는 어색한 정적.

이를 타파한 것은 놀랍게도 아연이 아닌 현성이었다.

한숨과 함께…

"휴우, 너도 내게 괴상한 질문하고 싶으면 해. 내 눈치 보지 말고."

"괴상한 질문이라뇨? 저 그런 거 없어요. 희연이 걔가 좀 유별난 구석이 있어서 그런… 아! 엿들은 게 아니에요. 그냥 우연히 들었을 뿐이에요."

"누가 뭐래? 하고 싶은 이야기 있음 해."

잘 놀던 사람도 멍석을 깔아놓으면 못 논다.

하물며 그 반대의 성향인 아연이다 보니 그녀의 입은 한순간 접착이라도 된 듯 움쩍도 안 한다.

그러다 이내 용기를 내어 접착의 봉인을 뜯어버렸다.

머릿속이 맑아지는 밤의 산 공기와 정겨운 아궁이 불의 정취, 자연에서 살아가는 수많은 것들이 어우러진 노랫소리에 그녀는 그렇게 힘을 냈다.

"나, 오빠 좋아해도… 될까요?"

그녀의 용기는 고백이었다.

"당연히 된다."

앞서 희연이 그랬던 것처럼 아연도 복잡 난해한 질문을 하지 않을까? 내심 생각했던 현성은 아연의 질문이 의외로 간단하자 가벼운 웃음과 함께 명료하게 대답했다.

일 초의 망설임도 찾아볼 수 없었던 현성의 대답에 아연은 허탈함과 당혹감을 맛보았다.

그녀는 현성이 자신의 질문의 요지를 파악하지 못한 것으로 생각했다.

재차 고백해야 하는 걸까? 이러한 고민에 빠져 있을 때 희연이 김치를 들고 등장했다.

자리에 앉자마자 희연이 혼잣말처럼…

"바보."

대체 누구를 지칭한 것일까? 현성과 아연은 서로 자신이 아닐까 하는 생각을 했다.

타닥타닥.

아삭아삭.

모닥불과 김치 씹는 소리만이 노랫소리처럼 산골 외딴집에서 흘러나온다.

*   *   *

현성은 이부자리에서 상체를 일으켰다.

잠시 그렇게 가만히 앉아 있던 그는 비닐로 씌워진 창문을 향해 고개를 돌렸다.

지리산 골짜기 신령한 안개가 온통 창 너머 세상을 가득 채우고 있었다.

이는 도시의 매연과 다르고 해마다 봄이면 찾아오는 몸서리 쳐지는 불청객 황사와도 다른 것이다.

저 미세한 수분의 집합체는 숲의 내음과 섞여 몸에 활력을 불어넣어 주는 신비로운 공능을 갖고 있었다.

잠자리에서 일어나면 늘 그는 이십여 분 몸을 푼다.

이는 이 집을 짓고 이곳에서 여생을 마감한 그의 외조부가 그에게 가르쳐 주었던 방법으로…….

몸을 수련하여 정(精)을 기르고, 마음을 수련하여 기(氣)를 쌓고, 몸과 마음을 하나로 하여 신(神)을 일으킨다.

현성은 이와 같은 가르침을 받은 이후 줄곧 이를 잊지 않고 꾸준히 수련해 왔다.

하루라도 이를 빼먹으면 그날은 내내 몸이 무겁고 속이 거북하여 그날 이후로는 이를 빼먹는 경우가 없었다.

"다들 자나 보군."

집 안에는 독립된 구조의 방이 두 개 있었다.

자매와 현성이 각각 하나씩 사용했다.

자매의 방문 앞을 지난 현성은 정리 정돈과 청소가 절실한 실내를 돌아보며 그간 이 집에 대해 자신이 너무 무심했음에 미안함까지 느꼈다.

'청소는… 적성에 안 맞는데.'

중얼중얼.

그의 표정에선 진정 청소를 싫어하는 티가 역력하다.

작은 가방 하나를 메고 마당으로 나온 현성은 썩어 주저앉은 울타리에 낮게 한숨을 내쉰 뒤 어머니와 외조부의 무덤이 있는 곳을 향해 걸어갔다.

집에서 무덤까지는 여유로운 걸음으로 대략 이십 분쯤 걸린다.

저벅저벅.

이슬을 머금은 원시의 수풀로 인해 현성의 하의는 금세 물기를 짜낼 수 있을 만큼 축축하게 젖어버렸다.

지면 역시 미끄러운 데다 그가 가는 길이 가파른 비탈의 연속이다 보니 넘어졌다간 다시 한참을 걸어야 할 판국이다.

균형감이 뛰어난 그가 넘어질 리는 없겠지만.

묵묵히 걸어가던 현성은 드디어 목적했던 장소에 도착했다.

오래된 두 개의 봉분이 늦가을 정취를 머리에 무겁게 이고 그를 조용히 반긴다.

"세 분, 저 왔습니다."

가방에서 술과 몇 가지 과일을 꺼낸 현성은 봉분 앞에 이를 차린 뒤 서글픈 마음으로 절했다.

잠시 봉분 주변을 정리한 후 그는 봉분가에 술을 뿌렸다.

그러고는 잠시 현성의 시선이 왼쪽 제 어머니의 봉분에 머문다.

봉분은 하나이나 저기엔 그의 아버지의 뼛가루가 그 위를 덮고 있었다.

그래서 무덤은 두 개이나 묻힌 이는 셋이다.

성묘를 끝낸 그는 왔던 그 길을 다시 되짚어 걸어갔다.

현성이 집에 도착했을 땐 자매가 모두 그를 찾느라 집 주변을 돌아다니고 있었다.

하긴, 외딴 집에 자신들만 덜렁 남았다고 생각하면 무서울 법도 할 것이다.

"오빠!"

아연이 한달음에 현성에게로 뛰어온다.

그녀의 작은 얼굴엔 불안과 걱정, 그리고 두려움이 무질서하게 섞여 있다.

현성은 그녀의 얼굴에서 과거 전봇대에 기대어 하염없이 라면 봉지를 바라보던 어린 소녀를 볼 수 있었다.

이는 현성에게 생생하고 씁쓸하며 찡한 감회였다.

"일찍 일어났구나. 간밤엔 잘 잤어?"

"어디 갔다 오셨어요? 오빠가 안 보여서 깜짝 놀랐잖아요."

아연의 손엔 현성의 옷자락이 꽉 잡혀 있다.

보드랍고 연약한 손에 힘이 들어가서 그러한 것인지, 아니면 제 감정에 겨워 그러한 것인지는 모르겠으나 그녀의 손은 지금 미세하게 떨리고 있었다.

현성은 일부러 이를 모른 척했다.

괜히 위로랍시고 몇 마디 보탰다가는 이 아이가 금세 눈물을 터뜨려 버릴 것 같아서였다.

"흥이 동해서 산책 좀 하고 왔을 뿐이야."

"얘기나 하고 가시지."

아연은 제 마음을 아득한 나락으로 떨어뜨려 놓은 장본인이 너무 태연하게 말하자 내심 크게 섭섭했다.

이른 아침부터 이리저리 뛰어다니며 절절한 마음으로 그를 찾아다니지 않았던가.

지금 이 행색과 얼굴을 본다면 능히 상황을 짐작할 텐데도 어찌 저리 야속하게 말하는지.

예전, 아연에게 현성에 대한 무조건적인 고마움이 있었다면 이제 그녀의 마음속엔 또 다른 의미가 담긴 고마움이 서려 있었다.

아직 이 마음이 정확하게 무엇인지는 그녀조차 제대로 알지 못했다.

그저 그가 어디든 함께 가자고 손을 내밀면 그 손을 언제든지 잡고 따라갈 수 있다는 것 정도였다.

"아침은 라면 끓여 먹자. 어제 못 한 청소도 제대로 하고 집도 좀 손봐야 하니 끼니는 대충 때우고 서두르는 게 좋겠다."

마침 가옥을 돌아 나오던 희연이 함께 오는 두 사람을 보자 잔뜩 굳어 있던 그 얼굴에 안도감을 드러냈다.

겉으론 강한 척해도 희연이 역시 속이 아직 여물지 못한 아이일 뿐이었다.

"아저씨, 아침부터 사람 걱정시킬 거야? 쪽지라도 남기든가 해야 하잖아."

"아, 걱정했니?"

"그럼 사람이 없어졌는데 걱정… 내가 왜? 난 그런 거 몰라. 안 해."

겨자처럼 톡톡 쏘는 희연의 태도에 아연이 제지하고 나섰다.

현성과 단둘이 있을 때는 연약한 소녀이나 여동생이 곁에 있을 때의 아연은 어머니처럼 강한 여인이 되곤 했다.

"아침부터 왜 가시를 세워. 그만해."

"내가 고슴도치인가? 사람이 어떻게 가시를 세워. 에이, 옷 다 버렸네."

그러고 보니 자매의 바지 역시 현성처럼 이슬에 흠뻑 젖어 있었다.

꽤 오랜 시간 그를 찾았다는 명백한 증거였다.

투덜거림을 남긴 채 집 안으로 냉큼 들어가 버리는 희연이다.

아연은 현성의 기분을 고려하여 미안함을 가득 담은 얼굴로 사과했다.

현성은 아연의 이러한 태도보단 희연의 직설적이고 톡톡 쏘는 것이 더 편했다.

그러나 자신이 편하자고 아연에게 '내가 이를 좋아하니 너도 그래라' 라고는 차마 말을 할 수 없었다.

제 마음에 담긴 것들을 토해내는 일은 현성에게도 쉬운 일이 아니었다.

"미안해요, 오빠. 하지만 희연이도 오빠 걱정 많이 했어요."

"안다. 우리도 들어가자."

자신을 걱정하여 찾아다니는 사람이 세상에 존재하고 있음에 현성의 침울했던 기분은 이 순간 많이 가셨다.

세 사람은 아침을 라면으로 대신했다.

화톳불에 끓인 라면이라 그런지, 아니면 산 공기의 달콤함 때문인지 라면은 왕의 수라보다 더 진귀한 맛으로 세 사람을 충족시켰다.

오늘 일과를 의논한 뒤 이들은 각자 자원한 일을 하기 시작했다.

쓸고, 닦고, 칠하고, 수선하고, 옮기는 고된 일들이다.

물론 현성이 대부분의 힘쓰고 어려운 일을 도맡았다.

집은 그리 크지 않았지만 해야 할 일은 진정 산더미였다.

하루 만에 이 일을 모두 다 해낼 수는 없었다.

적어도 사흘은 매달려야 삼 년의 공백이 이 집 안에서 그나마 보이지 않을 것이었다.

*　　　*　　　*

청일 고등학교의 인질극은 장기화할 조짐을 띠었다.

인질극을 벌인 놈들은 자신들의 요구 조건에 한 치의 양보도 보이지 않았다.

스킬러 수용소에 감금된 자들의 전원 석방을…….

현장 지휘자 최우민 부국장은 최대한 빠른 시일 내에 인질극을 진압하라는 상부의 압력을 받고 있었다.

그것도 피해 없이.

"하아, 희생자 없이 어찌 이를 해결한단 말인가!"

과정보다 결과를 중요시하는 관료 사회다. 높은 곳에 위치한 그들은 현장 일의 어려움을 알아주기보다 서둘러 언론에 발표할 결과만을 원했다.

뭐, 지원도 없이 결과를 내라는 말도 안 되는 짓은 하지 않았지만 상대가 상대이다 보니 이도 막막하다.

만 하루가 지나자 운동장에 심어진 사람들은 고통을 호소하고 있었다.

저 상태가 하루, 혹은 이틀을 더 지속한다면 저들 중에서 필히 병자가 발생할 터였다.

"부국장님, 놈들은 타협 자체를 거부하고 있습니다. 무조건적인 석방만 요구할 뿐입니다."

양철민 팀장은 몹시 피곤한 얼굴로 말했다.

현장에 파견 나온 요원들이나 군인, 경찰들은 부족한 수면과 긴장감으로 신경이 다들 예민해져 있었다.

그렇다 보니 하루 만에 다들 십 년은 늙어 보인다.

최우민 부국장이 침음을 흘리며 모니터를 뚫어지게 바라본다.

요소요소에 설치된 카메라가 학교의 상황을 찍어 이곳으로 송출하고 있었다.

이를 통해 적의 허점을 잡고 그곳으로 병력을 투입할 계획을 세우려 했으나 자칫 수백 명의 인질이 폭사당하는 희대의 참변이 발생할 우려 때문에 이는 시도조차 할 수 없었다.

저 인질범들이 평범한 자들이었다면 어떻게든 진압을 시도했을 텐데 저 안에 웅크린 놈들은 총기까지 휴대한 스킬러 무리였다.

"저, 부국장님."

"왜 그러나?"

"선거를 겨냥한 정치권에선 스킬러 고용과 보호 정책을 폐지하자는 주장이 봇물처럼 쏟아져 나오고 있습니다. 이도 모자라 그들은 특수국의 해체를 강력히 주장합니다. 그들은 그 자금으로 국민복지기금에 투자해야 한다는 선심성 발언에 서로 열을 올리고 있지요. 지금 이 사태의 장기화는 내년 총선과 대선에서 그런 자들에게 큰 이득이 될 수도 있습니다. 근시안적인 생각은 정치인들이나 국민들이나 마찬가지니까요. 물론 여기서 끝나면 다행입니다만. 과격한 일부는 국내의 모든 스킬러에게 위치 추적 장치를 장착해야 한다는 터무니없는 주장까지 펼치고 있습니다. 그게 말이 되는 소립니까. 성범죄자들에게나 부착하는 전자 발찌가 아닙니까. 과연 국내 스킬러들이 이를 묵과하겠습니까? 안 그래도 외국으로의 이민과 망명이 줄을 잇는 상황에서 이는 명백한 국가 전력의 손실로 남을 것입니다."

양철민의 목소리에는 울분이 담겨 있었다.

부국장 역시 이를 모르지 않았다.

그래서 그도 밤잠을 잊고 이 사태의 조속한 해결을 위해 고심참담하고 있었다.

그러나 아무리 고심해도 시원한 타결 방안은 좀처럼 떠오르지 않았다.

희생자 없는 타결이.

이를 모르지 않을 양철민 팀장의 발언으로 보아 '그가 이 일을 해결할 만한 대책을 갖고 있지 않을까?' 라는 생각을 최우민 부국장은 했다.

"자네에게 방법이 있나?"

"부국장님, 새벽에 학교에서 빠져나온 학생을 아실 겁니다."

철옹성처럼 여겨지던 청일 고교에서 두 명의 학생이 몰래 빠져나왔다.

남녀 학생이다.

스킬러인 남학생이 여학생을 어렵사리 빼내 왔다.

"김상국이라는 아이 말인가?"

"그 아이는 환상을 일으키는 능력을 갖고 있습니다. 크게 분류하면 정신계 능력이라 보아야지요."

부국장은 대답 없이 묵묵히 고개만 끄덕였다.

말을 계속 이어가라는 뜻이다.

"인질범들은 총기로 무장한 데다 폭탄까지 곳곳에 설치했습니다. 그런 놈들이 여학생을 동행하고 탈출한 상국이를 어찌하지 못했습니다. 부국장님, 정신계 스킬러들을 모아 저들을 무력화시켜 섬멸하는 방법을 건의드립니다."

정신계 스킬러들을 이용하는 작전은 새벽에 작전 지휘부에서 거론되었던 것이다.

그러나 이 작전에는 치명적인 단점이 있었다.

"정신계 스킬러의 능력은 거리와 범위가 짧고 좁네. 그러니저 큰 학교를 어찌 다 감당하겠는가."

"그래서 다수의 정신계 스킬러가 반드시 필요합니다. 그리고 이들의 능력을 증폭시켜 줄 스킬러의 확보가 무엇보다 선행돼야 합니다. 최악의 경우를 산정하여 정전 능력을 지닌 스킬러를 배치한다면 진압 작전의 승산은 훨씬 높아질 것입니다. 하지만 문제는 증폭 능력의 스킬러가 국내에 등록되지 않았다는 점입니다."

"모래성처럼 허무한 이야기로군. 자네의 건의는."

양철민 팀장의 작전 계획을 위해서는 다른 무엇보다 능력 증폭을 시켜주는 스킬러가 반드시 필요하다.

그러나 국내에 등록된 스킬러 중 그러한 능력을 지닌 자가 하나도 없다고 하니 괜한 공염불이 아닐 수 없었다.

그래서 부국장은 내심 짜증이 치밀었다.

"부국장님, 방법이 아예 없는 건 아닙니다."

"무슨 말인가? 그럼 증폭 능력의 스킬러의 소재를 안단 말인가?"

"있습니다. 문제는 그가 외국인이란 점입니다."

국제사회는 자국 내 스킬러를 엄중 감시—겉으론 그리 말하나 실상 그들을 중점 보호―하고 있는 데 반해 대한민국은 유독 스킬러를 천대하고 홀대했다.

전 세계에서 유일무이하지 않을까 싶다.

"어딘가?"

"일본입니다."

*   *   *

퍽, 쩌억.

도끼날이 번쩍일 때마다 두툼한 장작이 세로로 쩍쩍 쪼개어져 둥치 좌우로 떨어진다.

장작을 쪼개고 있는 이는 현성이었다.

아침 일찍부터 산에서 나무를 해온 현성은 오전 내내 땔감 비축을 위해 도끼질을 했다.

아연은 점심 준비로 부엌에서 바쁘게 움직였고 희연은 떨어진 땔감을 모아 창고로 나르는 일을 했다.

"내가 한대두."

"괜찮아요."

희연이는 주섬주섬 땔감을 모아 찌그러진 찜통에 담아 나른다.

제법 무거울 텐데 힘든 기색 하나 없이 씩씩하다.

얼굴이 온통 땀으로 번들거리던 현성은 창고로 희연이 들어서자 피식 웃음을 지었다. 도시에서와는 달리 이곳에서의 현성은 이처럼 자주 그 무심을 깨곤 했다.

타인이 볼 수 없는 혼자만의 시간일 때뿐이지만.

세상 속의 세상이나, 이곳은 철저히 고립되어 있다.

전기, 수도, 가스는 물론 핸드폰 전파도 뜨지 않는다.

현성은 다시 장작을 쪼개는 일을 했다.

단순하고 무료한 듯하나 이러한 시간이 싫지 않은 현성이었다.

퍼억! 쩍!

'여기서 계속 살았으면 좋겠구나.'

공간 이동 능력을 가진 그에게는 지금 이곳에서의 생활도 그리 나쁜 것은 없었다.

24시간 기준으로 딱 한 번 주어지는 능력이라 시내로 나갈 시 만 하루를 그곳에서 지내야 하는 불편은 있을지 모르나 이전처럼 물자의 부족으로 겪는 애로 사항은 없었다.

외딴 산골 집에서 읍내까지 나가려면 왕복 하루를 잡아야 하는 불편이 사라졌으니 이곳에서의 생활도 그리 나쁜 것만은 아니다.

그러나 이는 현성의 바람일 뿐이지 자매의 뜻은 고려하지 않은 것이다.

"오빠, 식사 준비 끝났어요! 어서 오세요."

창문 밖으로 상체를 쭉 뽑아낸 아연이 활기가 서린 큰 소리로 현성을 불렀다.

아연은 천성이 굳고 의지가 깊다.

이러한 그녀의 성격은 어두운 자신의 가정사 때문에 짓눌려 있다가 현성을 만난 이후 조금씩 숨어 있던 제 본성을 드러내고 있었다.

"어."

밝고 명랑한 아연의 목소리와 달리 현성은 무덤덤하게 대답한 뒤 도끼를 나무 둥치에 찍어 고정했다.

그러곤 얼굴의 구슬땀을 팔뚝으로 스윽 닦아냈다.

팔뚝이 만들어낸 그늘 아래 그의 얼굴 위로 옅은 미소가 따뜻하게 자리한다.

욱신.

안 쓰던 근육을 집중해서 사용한 탓에 그는 작은 근육통을 맛보고 있었다.

과묵한 그는 자매 앞에서 이를 언급도 하지 않았고 티도 내지 않았다.

마침 희연이 창고에서 나왔기에 두 사람은 마당에서 대충 씻은 뒤 집 안으로 걸어 들어갔다.

그러나 이들이 집 안으로 들어갈 필요는 없었다.

무슨 바람이 불었는지 아연이 밖에서 점심을 먹자며 음식을 내오고 있었기 때문이다.

"날씨가 너무 좋잖아요. 풍경도 너무 아름답고."

하긴, 아연의 말처럼 주변은 풍경화 작품을 전시한 듯 곳곳이 멋지고 아름답다.

눈도, 마음도, 영혼도 정화된다.

이래서 다들 노후엔 전원생활을 꿈꾸나 보다.

가을바람이 소슬하다. 그러나 자매와 함께하는 식사 자리는 현성에게 그러한 느낌조차 끼어들지 못하게 만들었다.

풍경은 좋으나 산중 늦가을 바람이요, 날씨다.

"으슬으슬하네요."

아연이 제 가녀린 팔을 양손으로 싹싹 비비며 진저리 친다.

역시 산과 풍경은 창문 너머로 관람하는 게 진리인가 보다.

산중에서 감기라도 들면 곤란한 일. 더욱이 이틀 후면 자신은 다시 서울로 가야 한다.

마음 같아서는 이곳에서 자신의 외할아버지가 그랬듯 안빈낙도(安貧樂道)하고 싶다.

그러나 자매의 장래를 생각하면 이는 온전한 자신의 욕심이라 소슬바람에 이를 실어 보내는 현성이다.

"들어가라. 감기 들라."

"예, 아무래도 그래야겠어요."

희연이 제 언니의 수고를 덜어주려 아연의 등을 떠민다.

아직 불 지필 시간이 되지 않았지만 현성은 일찍 아궁이에 불을 지피기로 했다.

산중 생활에서는 치밀한 계획 따윈 세울 필요가 없다.

자고 싶으면 자는 것이요, 먹고 싶으면 먹는 것이다.

겨우살이 살림 장만이야 눈이 온 세상을 말아먹든 볶아먹든 현성의 걸림돌이 될 수 없다.

공간 이동 한 방이면 서울과 이곳을 눈 깜짝할 사이에 오가며 물품을 갖고 올 수 있기 때문이다.

'하루 두 번은 안 되는 것일까?'

1일 1회의 공간 이동 능력에 내심 아쉬움을 느끼는 현성이다.

*   *   *

제 발등에 떨어진 불을 끄기 위해 대한민국 정부는 일본에 증폭 능력의 스킬러의 지원을 요청했다.

앞서 미 본토에 가해진 스킬러가 개입한 폭탄 테러 사건으로 유엔에 가입한 모든 국가는 스킬러 범죄의 국제 공조를 서약했었다.

일본 역시 그 서약에 따라 지원해 줄 의무가 있었다.

하지만 그들은 무슨 이유에서인지 대한민국 정부의 요청을 차일피일 미루며 미온적인 태도를 보였다.

인질극 사건으로 노심초사하던 대한민국 정부로서는 일본의 이러한 미온적인 태도가 답답하고 얄미웠다.

그러나 어쩌랴. 답답하고 아쉬운 건 대한민국이지 가깝고도 먼 이웃 나라인 일본은 아니었다.

자고로 급한 놈이 엎드려 비는 법이다.

장장 사흘 동안 한국 정부에서 파견한 협상단이 거의 애걸복걸하다시피 노력하여 간신히 일본 정부의 협조를 구할 수 있었다.

일본은 겉으론 인도주의적 차원이다 뭐다 하며 온갖 생색을 다 냈다.

그러나 실제 이 거래의 밑구멍을 살펴보면 분하게도 일본 정부는 대한민국 정부에 두 가지 전제 조건을 강제 수용시켰다.

자국의 다케시마—독도—와 역사 왜곡 교과서에 대한 한국 정부의 대외 입장 표명을 자제하라는 치욕적인 조건을 내건 것이다.

분하고 억울한 노릇이었지만 대한민국 정부는 이를 수용할 수밖에 없었다.

청일 고등학교 인질 구출 작전은 일본 정부가 파견한 스킬러가 합류함으로써 비로소 급물살을 탈 수 있게 되었다.

＊　　　＊　　　＊

청일 고등학교.

자정을 넘긴 시간이었다.

이 일대는 사건 지휘부와 한국전력의 협상으로 1분의 정전이 발생하도록 미리 계획되었다.

이는 인질범 검거, 혹은 사살에 필요한 일련의 조치 중 하나였다.

스킬러 관리국에 등록된 스킬러 중 정신 계열의 스킬러들이 정부의 부름을 받아 학교 주변에 배치되었다.

그 숫자는 놀랍게도 무려 이백 명에 이르렀다.

이 중엔 배우 차민연을 비롯한 각계각층의 유명 인사들도 다수 눈에 띈다.

이들을 제외한 동원된 스킬러들의 대다수는 주부, 학생, 노인, 청소년 등의 다양한 연령층과 직업군의 사람들이었다.

이들의 얼굴마다 떠오른 것은 결연한 각오와 애국심, 그리고 사람들에게 도움이 될 수 있다는 기쁨이었다.

그 기쁨 속엔 이들의 뚜렷한 희망이 보인다.

이 땅의 사람들이 더 이상 자신들을 이방인, 이종족, 위험한 예비 범죄자 취급을 하지 않을 것이란 믿음이었다.

두근두근.

반드시 성공하리라.

열망이 불꽃처럼 타오른다.

화르륵.

하나의 마음과 하나의 바람으로 뭉친 이백 명의 스킬러가 그 힘을 분출했다.

여기엔 이들의 소망도 간절히 담겨 있었다.

'나도 대한민국 국민이다.'

'나는 범죄자가 아니다.'

'나는 결코 이 땅을 떠나고 싶지 않다.'

한마음 한뜻으로 펼쳐진 이들의 마음처럼 그 힘은 웅장하고 거대하게 솟구쳤다.

일본에서 건너온 증폭의 스킬러가 이들의 힘을 확대시켰다.

학교 운동장에 박혀 있던 수백의 인질은 이미 거의 탈진한 상태로 다들 불안정한 상황이다.

간헐적인 신음만이 가끔 나올 뿐 이전의 그 격렬한 감정의 반응들은 이미 사라지고 없었다.

쏴아아악.

학교 전체를 정신 계열의 힘이 차고 넘칠 정도로 뒤덮었다.

인질들의 모든 움직임도 그 순간 거짓말처럼 멈춘다.

10초 후, 만반의 준비를 갖춘 특공대가 학교 내로 전광석화처럼 진입했다.

특수국 스킬러 요원들도 특공대와 조를 이루어 학교로 뛰어들었다.

이들은 앞서 파악한 놈들의 위치 정보를 토대로 재빨리 움직였다.

그런데 어찌 된 영문인지 온 학교를 다 뒤져도 놈들의 흔적을 발견할 수 없었다.

머리털이 쭈뼛 서는 불길함을 그 순간 본능처럼 느낀다.

모두가 허탕을 친 그 순간, 한 특공대원이 무전으로 비명 같은 다급한 보고를 해왔다.

"피, 피해! 폭탄이 설치……."

이 대원의 말은 끝을 맺지 못했다.

하늘과 땅을 꿰뚫어 버릴 거대한 폭음만이 세상의 모든 것을 장악해 버렸기에.

콰아아아앙— 쿠콰콰쾅쾅!

"크아아아악!"

"으아아아악!"

순식간에 벌어진 참극이었다.

인질범 검거를 위해 투입된 최정예 특공대를 비롯해 전투 능력에 특화된 특수국 요원들은 끔찍한 불의 재앙과 맞닥뜨렸다.

커다란 콘크리트 덩어리인 학교 건물은 산산조각이 나서 사방으로 크고 작은 파편을 무서운 속도로 날렸다.

운동장에 잡혀 있던 인질들 역시 이 폭발의 여파에 휩쓸렸다.

파편이 인질들의 머리 위로 소낙비처럼 쏟아진다.

콱콱콱콱콱!

빠가가가각!

퍽, 퍽퍽퍽!

짓뭉개지고, 터지고, 사라진다.

황토색 운동장은 깊은 잠에 빠져 있던 인질들의 피와 육편으로 뒤덮였다.

이 끔찍한 사건은 저 멀리 서 있던 방송국 카메라에 잡혔다.

청일 고등학교에서 발생한 인질극은 그렇게 오 일 만에 끔찍한 결말로 그 막을 내렸다.

몸서리쳐질 비극적 기억으로!

그러나 이것은 또 다른 폭력과 증오를 잉태하는 시작에 지나지 않았다.

아니, 출산이라 불러야 할 것이다.

제13장

조국수호단

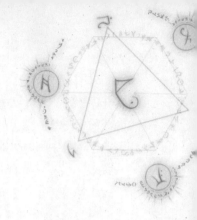

　국내는 물론 국외까지 큰 반향을 불러일으킨 청일 고등학교 대폭발 사건으로 학생과 교직원 대부분이 죽거나, 혹은 평생 씻을 수 없는 육신의 장애를 갖게 됐다.

　슬픔은 곧 두려움으로, 그리고 분노로 그 시커먼 몸을 일으켰다.

　정부의 스킬러 옹호 정책에 불만을 품고 이를 규탄했던 사람들은 앞으로 더 나아가 폭력적인 성향을 나타내기 시작했다.

　물론 국민 대부분은 불만과 불안은 가졌으나 실제 이 폭력 행위에 동참하지 않았다.

　보이지 않는 세력에 의해 매수된 급진적 성향의 여러 단체,

그리고 분위기에 휩쓸린 일부 몰지각한 자들이 축제를 즐기듯이 일에 동참했다.

과격화 성향을 띈 이들은 하나의 단체로 몰려들었다.

조국수호단!

그들은 정부의 스킬러 우대 정책의 철폐와 위치 추적 장치의 부착, 그리고 범죄에 연루된 스킬러에 대한 중형 선고를 요구했다.

이들은 자신들의 요구가 관철될 때까지 테러를 지속할 것이라고 선포했다.

정부는 이들의 선포를 성난 군중의 단순한 아우성으로 치부하다가 그만 제대로 뒤통수를 맞게 됐다.

놈들의 선포는 공수표가 아니었던 것이다.

와장창.

유리창이 요란한 소리를 내며 깨진다.

창문 안쪽 잠금쇠를 연 자들이 집 안으로 우르르 몰려 들어가 닥치는 대로 집기를 때려 부수기 시작했다.

불법 가택침입에 이어 가해지는 기물 파손.

이들은 스스로 조국수호단이라고 부르는 자들이다.

난장판이 되어가는 집 안엔 깊은 정적과 어둠만이 흐를 뿐놈들이 찾던 사람은 없었다.

장기 여행을 떠난 듯 각 방과 거실의 콘센트마다 플러그가모두 빠져 있었다.

"이 새끼, 튀었나 보다."

"그러게. 없네."

불법을 자행한 자들이었지만 이들은 그 얼굴을 버젓이 드러내고 있었다.

당당한 법 집행자들처럼 말이다.

집 안으로 침입한 자들은 총 스무 명으로, 이 중 삼분의 일만이 세상의 시선이 두려운지 마스크를 착용하고 있었다.

파앗!

그때였다.

거실 한가운데로 누군가 솟구치듯 나타난 것은.

"헉!"

"뭐, 뭐야?"

급작스레 등장한 남자의 주변엔 세 명의 불법 침입자가 담뱃불을 붙이고 있던 참이었다.

담배 연기를 입안으로 빨아들이던 이들은 남자의 느닷없는 등장에 다들 깜짝 놀라 약속한 듯 불씨를 머금은 담배를 떨어뜨렸다.

그러나 이들보다 더 놀란 건 신비롭게 등장한 남자였다.

남자는 이 집의 주인이다.

그의 이름은…….

*   *   *

"놈이다! 선우현성이다!"

"놈이 여기 있다."

집 안 곳곳에서 패악을 부리던 자들이 저마다 쇠 파이프와 야구 방망이를 들고 거실로 속속 달려온다.

현성은 순간 자신이 '공간 이동을 잘못했나?'라는 생각을 했다.

그렇지 않고서야 아무도 없어야 할 자신의 집에 냄새나는 사내새끼들이 단체로 있을 리 만무했기 때문이다.

눈길이 닿는 곳마다 풍비박산의 흔적만이 남아 있었다.

성격이 꼼꼼하고 부지런한 아연의 손길은 지금 이 집 안 그 어디에서도 찾아볼 수 없었다.

부서지고, 흩어지고, 발자국으로 엉망인 음산한 폐가의 분위기다.

"밟아버려!"

"저 새끼 방금 능력 썼어! 우리가 이겨!"

스킬러의 능력은 이미 세간에 널리 알려져 있었다.

더욱이 현성은 인질범의 일원이었던 상배와의 결투로 그 얼굴이 알려진 상태다.

놈들이 그를 못 알아볼 리 없다.

그러나 그의 능력까지 외부에 알려지지는 않았다.

그랬던 현성의 능력이 알려진 것은 이틀 전이었다.

한 포털 사이트의 블로그에 게재된 문건 때문이다.

비단 그뿐만이 아니었다.

수백 명의 스킬러 명단과 능력, 그들의 주소지와 직업까지 그곳에 적나라하게 적혀 있었다.

그 블로그는 즉각 블라인드 처리되었지만 이때는 이미 스킬러들의 인적 사항이 불순한 무리에게 입수된 후였다.

신분이 노출된 스킬러들은 조국수호단의 표적이 되었다.

휙!

날카로운 파공음과 함께 야구 방망이와 쇠 파이프가 현성을 향해 짓쳐 들었다.

부지불식간에 벌어진 일이다.

대화 자체를 시도해 볼 겨를도 없이 폭력이 순식간에 날아 들었다.

급히 상체를 뒤로 빼내 쇠 파이프 공격을 피한 현성은 몸의 중심을 바로 세우기도 전에 다리를 들어 야구 방망이를 피했다.

그리고 찔러 들어오는 창끝처럼 넌지시 쇠 파이프의 매끄럽고 차디찬 몸뚱이를 잡아 안쪽으로 끌어당긴 뒤 살인도 불사한 상대의 안면을 이마로 인정사정없이 들이박았다.

빠아악!

"크아아악!"

차가운 금속음을 내며 쇠 파이프가 바닥에 떨어진다.

콧대가 주저앉은 남자는 피범벅이 된 제 얼굴을 붙잡곤 비틀비틀 뒤로 물러섰다.

한순간에 벌어진 일련의 사태로 침입자들은 크게 놀라 주춤

했다.

그 틈에 현성이 뒤로 몸을 피했다.

바닥에 넘어진 TV가 그의 다리를 건다.

예기치 못한 상황이다.

중심을 잃고 휘청이던 그를 향해 다시 야구 방망이와 쇠 파이프가 달려들었다.

몸의 중심이 무너진 방향으로 현성은 몸을 숙였다.

부웅.

그의 머리카락을 날리며 야구 방망이가 지나간다.

몸을 일으킬 짬도 없이 쇠 파이프가 그의 등짝을 향해 곧장 날아들었다.

공격을 피하기엔 이미 늦었기에 현성은 등짝에 힘을 주어 충격을 최소화하려 했다.

뻐억!

"크흑!"

현성의 입에서 묵직한 신음이 흘러나왔다.

충격을 최소화하기 위해 나름 대비했다지만 어찌 쇠 파이프를 맨몸뚱이로 받고 멀쩡하겠는가.

그나마 이 공격을 대비했기에 쓰러지지는 않았다.

여기서 쓰러졌다면 그가 받았을 공격과 피해는 벅찼으리라.

"내가 맞혔어!"

현성의 등짝을 때린 사내가 한껏 고무된 얼굴로 소리쳤다.

이때 집 안을 수색하던 놈들이 모두 거실로 올라왔다.

거실은 빽빽한 열대 우림처럼 변했다.

겨우 정신을 수습한 현성은 자신의 얼굴을 차려는 사내의 다리를 양손으로 잡은 뒤 몸 쪽으로 끌어당겼다.

중심을 잃은 사내가 당황하며 뒤로 넘어졌다.

놈이 넘어지면서 현성 주위로 공간이 생겼다.

현성은 즉시 품에서 권총을 빼 들어 한 발을 천장을 향해 발사했다.

타―앙!

그 순간 모두가 파랗게 질린 얼굴로 동작을 멈췄다.

"총, 총이다!"

"놈이 총을 갖고 있다!"

현성의 주변으로 보다 더 넓은 공간이 생겼다.

그 공간을 현성이 점유하며 날카로운 눈으로 불법 침입자들을 쏘아본다.

주르륵.

현성의 머리가 찢어진 듯했다.

찢어진 그 부위에서 흘러내린 피가 현성의 얼굴 절반을 적시며 상의 속으로 스며들었다.

찝찝하고 뜨끈하다.

"누구냐!"

현성의 눈에서 시퍼런 불꽃이 활활 피어오른다.

도둑놈이면 얌전히 도둑질이나 하고 갈 것이지 기물을 파손하고 사람을 죽이려 하다니.

아직 현성은 상황을 정확하게 파악하지 못하고 있었다.

하긴, 상황을 파악할 시간이 그에겐 없었다.

깨진 창문으로 구급차와 경찰 차량의 사이렌 소리가 요란하게 흘러들어 온다.

어디 불이라도 났는지 저 멀리 곳곳에서 충천한 화광도 보인다.

북한이 남침이라도 한 것일까? 그렇지 않고서야 저 도심의 화광은 상식적으로 설명할 길이 없었다.

무력 폭동 사태가 발생했음을 그가 어찌 알랴.

"우리는 조국수호단이다!"

이십 대 초반으로 보이는 덩치 큰 남자가 어깨를 쫙 펴며 큰 목소리로 소리쳤다.

그러자 주변에 있던 놈들이 현성을 향해 일제히 욕설을 내뱉었다.

잔뜩 움츠려 있던 놈들도 그 순간 흉흉한 눈빛과 흥분한 몸짓을 드러냈다.

현성은 놈들이 제정신이 아니라는 생각만 들었다.

"내 눈엔 미친 떼강도로밖에 보이지 않는군. 그리고 내… 집을 이 꼴로 만들었으니 다들 온전히 돌아갈 생각은 하지 마라."

수적으로는 현성이 열세였다.

그리고 협소한 장소다 보니 둔기를 휴대한 다수와의 싸움은 득보다 실이 크다.

그러나 그에겐 권총이라는 문명의 이기가 있었다.

"쏠 테면 쏴봐라. 그러나 네놈도 결코 온전하지는 못할 것이다!"

'설마 쏘기야 하겠어!' 라는 안일한 생각에 영웅 행세를 하는 놈이 등장했다.

그러나 이자는 모르리라.

현성의 사전에는 결코 빈말이 없음을.

탕!

현성의 총구는 놈의 말을 기다렸다는 듯 그 순간 강렬한 불꽃을 토해냈다.

그 순간 폭도들의 얼굴이 새파랗게 질렸음은 불문가지다.

설마하니 일언반구도 없이 사람을 향해 총을 쏴댈 줄은 전혀 생각하지 못했다.

호기를 부린 자의 배에 구멍이 뚫렸다.

제 배를 움켜잡은 너석이 지붕을 날려 버릴 듯 크게 비명을 내질렀다.

"크아아아악! 저 미친 새끼가 날 쐈어, 날 쐈다고. 119, 119를 불러줘!"

총상을 당해 쓰러진 사내의 모습에 놈의 동료들은 일제히 몸을 떨었다.

"개새끼, 진짜로 쐈어… 으으으."

"저 새끼, 완전히 또라이야. 어떻게 사람에게 초, 총을……."

덜덜덜.

모두가 바닥에 납작 엎드렸다.

온실 속 화초는 불만이 참 많다.

저 드넓은 야생에서도 충분히 자신을 뽐내며 멋지게 살 수 있다는 착각을 하기 때문이다.

그러나 막상 야생에 나오면 백이면 백 뼈저린 후회를 하게 된다.

한 놈의 배에 총알을 박아주는 것으로 떼강도들을 제압한 현성은 창가로 걸어갔다.

에에에에엥!

삐뽀, 삐뽀삐뽀!

"으악!"

"꺄아아아악!"

차가운 밤바람에 실려 도시의 요란한 소란이 밀려들어 온다.

'…비명? 대체 저 밖에 무슨 일이 벌어지고 있는 거지.'

잠시 한눈을 판 사이 두 녀석이 겁도 없이 현성을 향해 달려들었다.

앞장선 녀석의 다리를 걸어 2층 창밖으로 날려 보내고, 다른 한 녀석은 권총의 딱딱한 손잡이 끝으로 안면을 찍은 뒤 녀석도 앞서 간 놈의 뒤를 따라 밖으로 던져 버렸다.

놈들이 죽든 살든 현성에겐 남의 일이다.

잔인하고 단호한 그의 태도는 두 놈의 행동에 부화뇌동하려던 사내들을 두렵게 만들었다.

모두가 바닥에 납작 엎드려 이젠 고개조차 들지 못한다.

"객기는 객사다. 명심해라, 도둑놈들."

현성은 자신의 앞쪽에 넙죽 엎드리고 있던 녀석에게서 핸드
폰을 빼앗은 뒤 경찰에 전화를 걸었다.

그런데 아무리 걸어도 연결되지 않았다.

어쩔 수 없이 현성은 자칭 조국수호단이라는 놈들을 굴비
엮듯 묶은 뒤 현 상황을 파악하기 위해 핸드폰으로 인터넷에
접속했다.

다행스럽게도 인터넷은 연결되었다.

인터넷 창은 놀랍게도 폭동과 테러, 도심 기능 마비와 같은
치안이 불안정한 외국에서나 접할 수 있을 법한 내용으로 거
의 도배가 되어 있었다.

이 사태를 주도한 조직도 손쉽게 인터넷으로 검색할 수 있
었다.

강도떼가 당당히 주장했던 조국수호단을.

인류의 재앙인 스킬러를 몰아내어 예전의 세상으로 되돌리자!

그들의 홈피에 대문짝만 하게 적혀 있는 문구, 아니, 선동가
의 재촉하는 구호 같다.

놈들은 이 사회의 혼란의 주범으로 스킬러를 콕 집고 있었

으며 스킬러 보복 테러를 대담하게도 공개적으로 게재하고 있었다.

인터넷은 정보로 범람하고 있다.

문제는 공신력이다.

개인이 당한 일이나 본 것, 혹은 짐작 등이 사실처럼 난립해 있었다.

현성은 이 사태를 정확히 파악하기 위해 늦은 시간이었지만 특수국으로 가기로 했다.

무모하고 폭력적인 떼강도의 뒤처리는…

"우웁!"

현성은 집 안에서 찾아낸 테이프로 숨을 쉴 수 있는 콧구멍을 제외한 놈들의 전신을 감아버렸다.

놈들의 반항이 있었지만 현성의 거침없는 주먹과 발길질에 곧 얌전해졌다.

이들을 쓰레기처럼 한곳에 모두 쓸어 넣은 현성은 곧장 밖으로 나왔다.

*   *   *

스스로 구국의 열사라 칭하는 조국수호단에 소속된 자들은 마치 열렬한 광신도를 연상시킨다.

놈들에게 스킬러는 세상을 멸망으로 안내하는 위험한 해충 쯤으로 보이는 듯했다.

처음 이 조직은 이처럼 거창한 명칭과 세력을 갖지 못했었다.

그들은 불만과 열등감으로 뭉친 과격한 소수자에 불과했다.

그러다 혜성처럼 등장한 스킬러들에게 자신들의 삐뚤어진 열등감을 쏟아내면서 갑자기 그 덩치가 커졌다.

앞서 발생한 광화문 사태와 청일 고등학교 폭사 사건이 놈들에게 자양분으로 작용했다.

정부는 이 단체를 불법으로 규정해 지도부 체포에 나섰으나 매번 놈들은 도마뱀이 꼬리를 잘라내듯 그 몸통을 쉽게 내어주지 않았다.

자칭 조국수호단은 조직력과 치밀함을 내보이며 인터넷상에서 사람들을 선동했다.

이 악의적인 정체불명의 선동가로 인해 대한민국은 초유의 사태에 직면하고 있었다.

먼 남의 나라 이야기로만 여겨졌던 폭동의 화마가 온 도시를 휩쓸고 있는 것이다.

"꺄아아악! 살려주세요!"

그리고 이 분위기에 취하고 휩쓸린 불의한 잉여인간들이 곳곳에서 사건 사고를 야기했다.

한 젊은 여인이 머리채가 잡혀 대로에서 골목길로 끌려들어가고 있었다.

여자는 죽을힘을 다해 도움을 호소했지만 이 불의한 잉여인간들의 서슬 퍼런 기세에 대적할 정의감 넘치는 사람은 이 주변에 없었다.

소시민에 불과한 이들은 경찰에 이 일을 신고하는 게 전부다.

문제는 수십 통의 전화를 넣어도 당최 연결이 되지 않는 데 있었다.

이는 신고가 폭주하고 있었기 때문이다.

마침 이 현장을 지나가고 있던 현성은 비명을 듣고 걸음을 멈췄다.

대규모 폭력 사태의 발발로 대중교통 운행은 현재 전면 중단된 상황이다.

찌릿!

현성의 두 눈에 힘이 들어간다.

국민의 세금으로 월급을 받는 처지가 아닌가! 그러니 어찌 국민의 불행을 묵과하겠는가… 이는 변명이다.

화풀이를 하고 싶은 게 솔직한 심정이다.

타닥타닥, 부웅!

불의한 시류에 편승하여 제 야욕을 채우려는 비열한 폭도들을 향해 현성은 몸을 날렸다.

여자를 좌우와 선두에서 끌고 가던 놈들의 얼굴마다 현성의 발차기가 어김없이 내려꽂혔다.

액션 영화의 한 장면 같다.

퍽퍽퍽!

철퇴와 같은 현성의 가공할 발길질에 세 사내는 비명을 내지르며 사방으로 나가떨어졌다.

놈들이 바닥에 뒹구는 그 순간 현성이 여자 옆에 착지한다.

가공할 도약력과 판단, 그리고 정확한 공격이 맞물린 놀라운 기술이 아닐 수가 없었다.

문제는 폭도들의 수다.

잔뜩 흥분하여 설치던 놈들이 이를 묵과할 리 없었다.

우르르.

깡패들이나 들고 다닐 법한 연장을 저마다 손에 쥔 십 대 후반에서 이십 대 초반의 고약한 인상의 남자들이 현성을 향해 몰려들었다.

그러고 보니 앞서 현성에게 맞아 나가떨어진 놈들 역시 이들과 비슷한 또래로 다들 술 냄새를 풀풀 풍기고 있었다.

"저 새끼, 조져!"

"스킬러 옹호자 새끼다!"

"개새끼가!"

놈들은 두 눈에 화톳불을 지피며 현성을 향해 사나운 들개처럼 달려들었다.

폭력 도시!

이것이 바로 대한민국 수도 서울의 믿어지지 않는 현주소다.

우르르.

현성은 쓰러진 여자의 앞에 서서 매서운 눈빛으로 놈들을 노려보았다.

스킬러가 된 사람들이 외계인이던가? 아니면, 극악무도한 범죄자던가! 스킬러 역시 평범한 인간이었다.

그저 불시에 찾아온 스킬러 카드에 의해 힘을 얻었을 뿐이다.

힘에 취한 일부가 잘못을 저질렀다.

그러나 그렇다고 하여 어찌 그자들과 연관이 없는 다른 선량한 스킬러들까지 도매금으로 죄인 취급한단 말인가.

꾸욱.

현성의 주먹에 힘이 들어간다.

손등으로 푸른 힘줄이 툭툭 불거져 나온다.

그리고 그의 두 눈엔 분노가 섬광처럼 일어난다.

발밑에 떨어진 쇠 파이프를 발끝으로 차올린 현성은 이를 보지도 않고 잡아챘다.

맞으면 아픈 법이다.

막다른 길에 몰리면 쥐도 고양이를 무는 법이다.

늘 양보하며 살아갈 수는 없는 노릇이다.

이 순간 현성은 무심과 냉정함을 제 마음 한편에 몰아넣어 버렸다.

그리곤 폭도들을 향해 돌진했다.

상대는 다수였으나 현성은 이에 전혀 겁먹지 않았다.

빠른 속도로 폭도의 무리 속으로 현성은 파고들었다.

놈들은 그를 향해 둔기를 휘두르지도 못했다.

그 사이 현성은 세 명의 폭도의 머리통을 단숨에 까버렸다.

그는 손속에 인정을 두지 않았다. 단단히 벼른 원수를 때려잡듯 현성은 놈들을 향해 가차 없는 폭력으로 응징했다.

"크아아악!"

"괴, 괴물이다!"

"이놈, 스킬러다!"

놈들은 현성이 육체 강화 스킬러라고 생각했다.

그렇지 않고서야 수십 명에 이르는 자신들을 상대로 단신으로 돌진해 들어와 미친 듯이 패는 그의 실력을 납득할 수 없었기 때문이다.

"무, 물러서라. 일 분만 버티면 된다!"

후방에 있던 한 녀석이 스킬러의 맹점을 폭도들에게 각인시킨다.

그렇다고 하더라도 상황이 바뀔 리 없다.

지금 현성이 발휘하는 무력은 온전히 그 자신이 갖고 있는 것이기 때문이다.

퍼억!

등을 보이고 달아나는 녀석의 등짝을 냅다 밀어 찬 현성은 놈을 밟은 뒤 도끼질을 하듯 놈의 어깨를 쇠 파이프로 찍었다.

"크아아아아악!"

놈들은 자신들의 머리 숫자를 믿고 있었다.

시간을 벌려고 노력했다.

1분이란 그리 긴 시간이 아니기에…….

현성은 닥치는 대로 놈들을 쫓아가 운신할 수 없을 만큼 두

들겨 팼다.

선량한 시민들, 겁을 집어먹어 잔뜩 움츠린 시민들은 위급한 상황에 처한 여자가 무사히 구출되자 다들 속으로 환호했다가 이어진 현성의 무자비한 행동에는 사색이 되어버렸다.

개중 몇몇이 핸드폰으로 동영상을 찍었다.

몇 분이 그렇게 흘렀다.

서 있는 놈들보다 바닥에 엎어져 고통에 빠져 신음하는 놈들의 숫자가 더 많다.

"저, 저놈… 여전하잖아!"

폭도들은 그제야 두려움을 집어먹었다.

무뎌진 이성이 돌아온다.

"달아나!"

절대자 앞에 끌려 나온 비루한 노예처럼 놈들은 당황하여 어쩔 줄 몰라 했다.

달아나자니 현성이 자신을 쫓아와 바닥에 쓰러진 제 동료들처럼 만들지 않을까 싶어 마음대로 등을 보일 수도 없었다.

그렇다고 이곳에 있자니 자신에게 몰아닥칠 폭력이 겁이 났다.

이러지도 저러지도 못하는 사이 세 대의 경찰 차량이 사이렌을 폭죽처럼 터뜨리며 장내로 들어서고 있었다.

현성이 선보인 압도적인 활극은 경찰의 등장으로 그렇게 종료됐다.

"모두 꼼짝 마라! 움직이면 쏜다!"

*　　　*　　　*

부아아아아아앙!

현성은 경찰차를 이용하여 강남에 위치한 특수국 사무실로 향하는 중이다.

그에게 얻어맞아 쓰러진 폭도들과 그의 기세에 질려 얼어버린 나머지들은 모두 경찰에 연행되었다.

국정원 요원이란 신분증이 없었다면 현성 역시 놈들과 같은 신세로 밤샘 조사를 받았을 것이다.

국정원 요원이란 신분이 없었다면…….

차창 너머 세상은 혼란의 극치를 보여주었다.

거리의 가게들은 파괴당하고 약탈당했으며 선량한 시민들은 무리를 지어 활보하는 자들에게 공격받거나, 혹은 두려워 일찌감치 달아나고 있었다.

차도와 인도의 구분을 두지 않은 반 미친 폭주족들이 '대한민국 만세'를 외치고 경적을 길게 울리며 위험한 곡예를 펼쳤다.

경찰이 동분서주했지만 총체적인 난국을 막아내기에는 역부족이었다.

"세상이 미쳐 버린 것 같습니다."

운전대를 잡은 젊은 경찰이 피곤함이 역력한 표정으로 말했다.

조수석에 앉은 중년의 경찰은 쏟아지는 잠을 쫓기에 여념이 없었다.

"그렇군요."

현성의 목소리는 삭막했다.

아직 그의 심장은 아까의 뜨거움으로 여전히 펄펄 끓고 있었다.

주체할 수 없는 감정이었다.

이는 현성에게서 쉽게 찾아볼 수 없었던 모습이다.

불길한 화광이 온 도시를 뜨겁게 달군다.

화려한 네온도, 사람도, 차들도 그 화광에 겁을 집어먹고 숨어들었다.

끼이익!

나름 조심하며 달리던 경찰 차량은 인도에서 갑자기 튀어나온 물체를 피해서 급브레이크를 밟았다.

가속도로 인해 차량은 위험하게 10여 미터나 지그재그로 미끄러졌다.

폭발하는 마찰음과 매캐한 흰 연기가 차량의 꼬리처럼 따라붙었다.

차량은 가로수와 불과 30센티미터를 앞에 두고 보도 턱에 걸려 간신히 멈추어 섰다.

참으로 아찔한 순간이었다.

그때 요란한 오토바이 엔진음이 미사일처럼 차량을 향해 날아들었다.

겨우 정신을 수습한 두 경찰과 현성은 요란한 엔진 음을 쫓아 눈길을 주었다.

십여 대의 오토바이가 탈선한 차량을 향해 몰려들었는데 그 손마다 위험한 둔기를 쥐고 있었다.

"짭새다! 발라 버려!"

"끼야아아아아호~!"

두 경찰관은 크게 당황하여 현성이 뒷좌석에 타고 있는 것도 깜박하고 밖으로 황급히 피신했다.

경찰 차량의 뒷좌석은 안에서 밖으로 열수 없는 구조다 보니 현성은 오도 가도 못하는 신세가 되었다.

참으로 긴급한 상황이다.

현성은 품에서 권총을 꺼내 뒷좌석 유리창을 쏘아 약화시킨 뒤 발로 이를 날려 버렸다.

빠져나올 구멍을 마련한 현성은 밖으로 몸을 빼내려 했다.

그러나 놈들이 더 빨랐다.

몸을 완전히 빼내지 못한 상태라서 상황이 더 위험했다.

둔기 하나가 현성의 머리를 향해서 날아들었다.

가속도가 붙은 둔기라 설핏 맞아도 엄청난 데미지를 입을 터였다.

"안 돼!"

"피, 피해요!"

현성의 위기를 본 두 경찰관이 총집에서 권총을 빼 든다.

당황한 마음에 허둥대다 보니 그들의 총은 여기저기 걸려 쉽게 빠져나오지 않았다.

현성은 짓쳐 들어오는 둔기를 피하기 위해 앞쪽 허공으로 상체를 비틀며 몸을 날렸다.

위험한 도박이었지만 지금으로썬 이 방법밖에는 없었다.

천만 다행히도 둔기는 간발의 차이로 그의 상체를 스쳐 지나갔다.

이 한 수로 큰 고비를 넘겼지만 현성의 위기는 끝나지 않았다.

앞서 공격한 놈의 뒤를 이어 다른 놈들이 현성을 노리고 있었기 때문이다.

몸을 옆으로 날려 피하고, 납작 엎드리며 현성은 두 번의 둔기 공격을 피했다.

뒤늦게 권총집에서 권총을 빼 든 경찰관 둘이 그제야 허공에 경고 사격을 했다.

의기 있는 행동이 아닐 수 없다.

폭주족들은 이 총성에 겁먹기는커녕 오히려 더욱 흥분했고 현성을 노리던 마수를 두 경찰에게 돌렸다.

두 경찰관에겐 안 된 일이지만 현성은 그 틈에 몸을 완전히 추스를 수 있었다.

퍼억!

"크어억!"

중년의 경찰관이 날아온 쇠 파이프에 뒤통수를 맞고 앞으로 쓰러졌다.

당황한 젊은 경찰관이 뒤를 바라보는 순간 그에게도 물체가 매서운 속도로 날아들었다.

타앙!

빠직!

젊은 경찰을 향해 날아가던 물체는 현성이 쏜 총알에 박살이 나고 그 궤적이 틀어져 애꿎은 가로수를 세차게 때린 후 바닥에 떨어져 요란한 소리를 냈다.

물체는 야구 방망이였다.

얼이 빠진 젊은 경찰관 옆으로 한달음에 달려온 현성은 그의 어깨를 눌러 자리에 주저앉혔다.

무표정이 깨어진 현성의 얼굴은 사나운 맹수처럼 포악하며 위압적으로 바뀌어 있었다.

그 표정만큼이나 그는 매서운 보복을 폭주족들에게 날렸다.

탕탕탕탕─!

현성의 권총은 경고 없이 연달아 차가운 불꽃을 뿜어댔다.

끼이이이─익!

우당탕!

"으아아악!"

"저, 저 미친 새끼가 총 쏜다!"

내가 하면 로망이요, 남이 하면 불법이다.

기세등등했던 폭주족은 현성이 실탄을 자신들을 향해 인정사정 봐주지 않고 쏘아대자 그제야 제정신이 돌아온 듯 기겁했다.

놈들이 다친 동료도 돌보지 않고 꽁지 빠지게 달아나기 시작하자 주변은 정적과 평화가 찾아들었다.

어느새 도로 끝에 다다른 폭주족.

현성은 눈에 힘을 주어 오토바이 뒤 타이어를 겨냥해 연달아 총을 쏴댔다.

타이어가 터진 오토바이는 지그재그로 움직이며 제 동료의 오토바이를 들이쳤다.

볼링공에 얻어맞은 핀처럼 서로 충돌하던 오토바이들은 사방에 처박혀 헛바퀴를 돌았다.

고통에 찬 신음과 비명이 아련한 메아리처럼 쉴 새 없이 흘러나왔다.

사납게 변한 현성의 표정은 언제 그랬냐는 듯 무심함으로 돌아왔다.

"괘, 괜찮겠습니까?"

젊은 경찰이 놀란 얼굴로 현성을 쳐다보며 말했다.

경찰의 얼굴엔 꺼림칙한 기색이 역력했다.

현성은 쓰러진 오토바이를 세워 시동을 건 뒤 경찰에게 한마디 말을 남겼다.

"죽으면 징계가 무슨 소용이겠습니까?"

부릉, 부릉, 부아아앙.

문명이 타들어가는 썩은 내가 밤바람과 함께 현성의 얼굴을 때린다.

길가에 처박힌 자동차는 스스로 제 몸을 불사른 것인지, 아니면 미친 인간들이 방화를 한 것인지 시뻘건 혀를 날름대며 시커먼 매운 연기를 피워댔다.

쇼윈도는 박살이 났으며 누군가에게 언어맞은 사내는 피를 철철 흘리며 도움을 호소한다.

이 밤… 광기가 선량한 사람들의 등골을 뽑고 있었다.

"살려줘요!"

"까아아악!"

*　　*　　*

며칠 후, 폭동으로 발생한 인적 물적 피해는 대한민국을 고통스럽게 했다.

주가는 연일 폭락장으로 마감했고 국가의 대외 신용도는 끝없이 나락으로 떨어져만 갔다.

스킬러의 능상 이후, 혹독한 불운에 시달리고 있는 대한민국이었다.

앵앵앵앵.

22시, 통행금지를 알리는 음울한 사이렌이 도심을 무겁게 관통한다.

폭동 사건 이후, 대한민국 사회는 불안과 긴장감에 연일 짓눌렸다.

많은 사람이 타인에 대한 두려움을 느꼈고 미래에 대한 불안을 낮은 먹구름처럼 머리에 이게 됐다.

국정원 특수국 회의실.

"청일 고등학교의 테러 주범, 유오찬과 박현숙 외 알려진 범인들의 은신처는 아직 밝혀내지 못했습니다. 현재, 요원들을 동원하여 그들의 가족과 친구에 이르기까지 다방면으로 감시와 도청을 시행하고 있습니다만 놈들과 이들이 연락하거나 만난 정황은 아직 포착되지 않았습니다. 또한 놈들의 능력을 고려하여 인터폴에 협조 요청을 해놓았습니다."

진척 없는 막막한 수사다.

특수국이 상대하는 자들이 동에 번쩍 서에 번쩍하는 가공할 능력자들이다 보니 그럴 수밖에 없다.

청일 고등학교를 폭파한 놈들은 그 능력을 이용하여 연기처럼 홀연히 자취를 감추었다.

이들을 찾아내기 위해 수사 인력을 총동원했지만 아직 별다른 성과를 얻지는 못했다.

현재 대한민국 정부는 삼천 명의 인력을 동원하여 전국의 CCTV를 일일이 확인하는 지루한 작업까지 병행하고 있었다.

놈들을 잡기 위한 정부의 필사적인 의지가 아닐 수 없다.

"부국장."

"예, 국장님."

"놈들의 배후에 대한 조사는 어찌 되고 있나?"

광화문 사태와 청일 고 사건을 다각적으로 분석한 결과 조직적인 음모의 냄새가 짙었다.

스킬러에 대한 일반의 반감을 놈들이 조장하려 한다는 공통점이 발견된 것이다.

이를 감안하고 생각할 때 제삼의 세력이 대한민국의 혼란을 조장하려는 술책을 부리고 있음이었다.

대한민국의 혼란을 바라는 세력은 저 한반도 북쪽에 자리한 오랜 숙적뿐이다.

그러나 이 혼란한 시국에 그들을 거론하는 짓은 자칫 더 큰 불안과 공포를 조장할 수가 있었기에 정부는 언론이 이를 보도하는 걸 자제시키고 있었다.

이 사안이 워낙에 심각했기에 언론 역시 정부에 적극적으로 협조 중이었다.

"위쪽의 소행이라고 보기에는 무리가 있습니다. 북을 첩보한 결과, 저희가 겪는 수준보단 약하지만 그들 역시 스킬러로 인해 진통을 겪고 있습니다. 또한 대규모 자금이 동원된 이번 폭동 사태를 지원한 세력으로 그들을 선상에 올리기에는 저들의 경제력도 고려하지 않을 수가 없습니다."

스킬러의 등장 이후, 각국의 첩보 능력은 이전에 비해 다방면으로 성장했다.

대한민국 역시 스킬러를 이용한 첩보 활동을 했다.

주의력을 기울인 대상은 당연히 북한이다.

그러나 대한민국의 사태를 조장한 흔적을 그들에게서는 발견할 수가 없었다.

미지의 적!

이 위압감이 회의에 참석한 모두의 심정을 답답하게만 한다.

"그나마 수사에 다행인 점은… 자칭 조국수호단입니다. 놈들의 수뇌부에 대규모 자금 유입 흔적이 발견되었습니다. 이들의 체포를 위해 지금 요원들이 출동했습니다."

부국장의 발언은 이 사태를 풀어낼 작은 실마리로 참석자들에게 다가왔다.

＊　　＊　　＊

조국수호단이란 거창한 조직을 만든 인물은 놀랍게도 이제 겨우 스물한 살 된 대학 휴학생이다.

사회에 불만이 많았던 충국에게 스킬러들의 등장은 또 다른 불만 요소였다.

그리고 지독한 아쉬움이었다.

충국은 반스킬러 집회에 적극적으로 참여하는 한편, 인터넷으로 스킬러 고용 법안 저지 연대를 결성했다.

물론 자신의 개인 블로그였다.

그는 참으로 평범한 청년에 불과하다.

그랬던 그가 대한민국 전역을 광란 상태로 몰고간 폭동을 주도한 주범으로 지목된 것은 아이러니가 아닐 수 없었다.

"난… 난 아니야."

이충국은 특수국 요원들을 피해 최근에 구매한 고급 외제 스포츠카를 몰고 무작정 달리고 있었다.

그의 재정 상태로 고급 외제 차량은 가당치도 않다.

고속도로는 탈출로로 삼기에는 어렵다.

경황이 없는 중에도 이를 생각한 충국은 국도를 이용했다.

그러나 이런 그도 간과한 점이 있었다.

자신의 노출된 자가용과 지뢰처럼 깔려 있는 무수히 많은 CCTV가 바로 그것이다.

저 앞쪽, 경찰 차량이 도로를 이중 삼중으로 막고 서 있었다.

이를 본 충국의 얼굴은 사색이 되었다.

급히 브레이크를 밟은 충국은 차 머리를 돌리려 했다.

그러나 어찌 된 영문인지 엔진이 갑자기 꺼져 버렸다.

시동 버튼을 아무리 눌러도 엔진은 식어갈 뿐 불타오르지 않았다.

딩황한 충국은 차 문을 열고 튀어나왔다.

그의 후방에서도 막 도착한 경찰 차량이 성난 황소의 뿔마냥 총으로 그를 겨냥한 채 씩씩거리고 있었다.

충국은 야지를 향해 무작정 뛰었다.

도주에 성공하리란 자신감은 그의 얼굴에서 찾아보기가 힘들었다.

하지만 너무 무서워서 이대로 있을 수가 없었다.

"멈춰! 멈추지 않으면 쏜다!"

경찰이 경고를 하며 그를 뒤쫓았다.

실제 경찰의 손엔 권총이 쥐어져 있었다.

그러나 다들 알듯이 대한민국 경찰의 총은 경고용 호각이지 무기가 아니다.

이를 너무나 잘 알기에 충국은 경찰의 경고를 귓등으로도 듣지 않았다.

탕!

충국은 총소리를 들었다.

그러나 그는 이를 경고용 사격이라고 믿었다.

제 다리에 구멍이 뚫려서 피가 철철 흐르고 있음에도 이를 자각하지 못했다.

그러나 그의 몸이 곧 이를 자각하곤 몇 걸음 못 가서 앞으로 힘없이 꼬꾸라졌다.

"시, 시발… 진짜, 진짜 총을 쐈어! 으아아악!"

충국을 쫓던 경찰들이 당황했다.

이들 중 그 누구도 충국에게 총을 쏘지 않았다.

범인을 체포하란 명령은 받았지만 사살하란 명령은 없었다.

대한민국 사회는 총기 문제에 있어서 경찰에게도 너그럽지 않다.

그렇다 보니 경찰들은 총기 사용에 극히 소심할 수밖에 없었다.

지금도 마찬가지였다.

"누, 누가 쐈어?"

"어떤 녀석이야?"

"박 경장, 너야?"

"아, 아닙니다."

범인은 이미 도주의 능력을 상실했기에 후일의 문책을 경찰들은 걱정했다.

그러나 그들은 이를 걱정할 필요가 없었다.

"비키세요. 국정원 특수국에서 나왔습니다."

당황한 기색이 역력한 이인경이 혼란에 빠진 경찰들에게 소리쳤다.

신분증을 꺼내 보인 그녀의 뒤로 현성이 품속으로 무언가를 넣는 마지막 동작을 취했다.

경찰들에게 신분을 인정받자마자 현성은 다리에 총상을 입고 고래고래 소리치는 충국을 향해 걸어갔다.

인경은 현성의 과격한 저 모습에 기가 질린 듯 내심 고개만 가로젓는다.

치갑고 무뚝뚝한 표정의 현싱이 겁에 질려 악을 써대는 이충국을 내려다보았다.

"119, 119 불러줘! 나 총 맞았어. 너무, 너무 아파! 내가 가만 있을 줄 알아. 시민에게 함부로 총질하는 너희들 다 고발해 버릴 거야! 이 개새끼들아!"

처음 총을 맞았을 때 충국은 정신이 까마득했다.

그러다 곧 자신이 저항도 하지 않았는데 총을 맞았다는 사실을 떠올리곤 이를 이용하기로 마음먹었다.

하지만 놈의 얄팍한 계산은 현성에게는 통하지 않았다.

살인 면허!

정부는 후폭풍이 만만치 않을, 폭동과 스킬러 범죄자들에 대한 살인 면허를 특수국 요원들에게 허락했다.

"너에게 필요한 건 떠드는 그 주둥이뿐이다, 이충국."

싸늘함이 묻어 나오는 현성의 나직한 음성에 이충국은 등골이 오싹해졌다.

자신을 바라보는 상대의 눈. 그곳엔 단호함과 포악함이 공존하여 차갑게 타오르고 있었다.

덜덜덜.

*　　　*　　　*

"현성아, 아까 그 행동 너무 지나쳤어. 쫓아가도 충분히 체포할 수 있었잖아."

운전대를 잡고 있던 인경이 현성을 슬쩍 쳐다보며 과격한 그의 행동을 나무랐다.

요 며칠 현성을 지켜본 인경은 그의 성품이 점점 차갑고 잔인하게 변하는 것 같아 걱정됐다.

그러나 이는 그녀가 현성의 성품에 대해 잘 몰라서이다.

청일 고등학교의 결투에서 그가 이상배를 어찌 처리했는지, 그리고 그 후의 그의 태도를 보았다면 지금과 같은 소리는 아마 하지도 못했을 것이다.

있는 듯 없는 듯 지내는 현성의 조용한 성품이 그의 잔혹성,

아니, 단호함을 장막처럼 가려주었다.

"다음엔 감안하죠."

그럴 생각이 전혀 없음에도 현성은 모나지 않은 대답으로 처세했다.

굳어 있던 인경의 표정이 그제야 풀리기 시작했다.

인경과 같은 조인 박상철은 청일 고 폭발에 휩쓸려 지금 치료 중에 있었다.

그 외에도 다수의 특수국 요원이 병원 신세를 지고 있다.

인력 부족이 없었다면 현성의 현장 투입은 훗날이었을 것이다.

두 사람을 태운 자가용은 국도변 휴게소 앞에 멈춰 섰다.

늦은 점심을 이곳에서 때우려는 생각이다.

"전 정식으로 먹겠습니다."

메뉴를 보니 그나마 먹을 만한 게 정식뿐이다.

현성이 주문하자 인경도 나름 다른 메뉴를 고르려고 고심을 하다 곧 포기하곤 정식으로 통일했다.

창가 쪽에 자리를 잡은 남녀는 별다른 대화 없이 나온 식사에만 열중했다.

식당엔 이들 외에도 중년의 한 커플과 젊은 남녀 여섯이 하나의 자리를 점하고 있었다.

이들 여섯 중 한 여자가 내내 현성을 힐끔거렸다.

그가 식당에 들어오는 내내 그러했다.

"뭘 보니?"

친구가 자꾸 곁눈질로 창가에 앉은 현성을 힐끔거리자 이를 눈치챈 여자의 친구가 나직하게 물었다.

그제야 현성에게서 시선을 거둔 여자는 제 친구의 귀에 얼굴을 바짝 들이밀며 속닥거렸다.

"저 사람, TV에 나왔던 사람이야."

"연예인? 난 처음 보는 얼굴인데."

"목소리 낮춰. 연예인 말고, 일전에 청일 고등학교 결투 사건의 그 남자라고."

"뭐!"

귓속말이 좀 컸나 보다. 두 여자의 일행들이 다들 놀란 얼굴로 일제히 현성을 바라봤다.

이쯤 되자 식당 안의 모든 사람이 현성을 주목하게 되었다.

웅성웅성.

현대 인류는 조금이라도 특별하다 싶은 상황이 생기면 핸드폰부터 들이미는 새로운 습성이 있다.

이 순간 모두가 손 빠른 총잡이처럼 핸드폰을 빼 들어 렌즈로 현성을 겨냥했다.

이들의 관심과 촬영에 현성은 무관심으로 일관했다.

그러나 인경이 참지 못하고 사람들의 촬영을 막으려 했다.

식사에 열중하던 현성, 그리고 의자에서 엉덩이를 뗀 인경은 약속이라도 한 듯 갑자기 진저리를 쳤다.

현성의 손에서 수저가 떨어져 바닥을 쳤고, 인경은 현기증을 느낀 듯 비틀거리다 겨우 식탁 모서리를 잡고 의자에 앉왔다.

별안간 벌어진 남녀의 행동에 사람들은 이해할 수가 없었다.

현성과 인경의 얼굴은 순간 땀으로 범벅이 되었다.

그리고 남녀의 피부 위로 후두두 소름이 돋았다.

두 사람이 급작스럽게 경험한 이 이상 증세는 비단 이들만이 겪은 게 아니었다.

이 순간 세계 도처에 깔린 모든 스킬러가 두 사람과 흡사한 경험을 했다.

겨우 몸과 마음을 추스른 현성은 바닥에 떨어진 수저를 주우려 했다.

그러나 그의 행동은 마치 사진처럼 딱 멈추고 말았다.

'뭐지?'

드드드드드, 탁탁탁탁—!

외진 국도변 소용한 식낭에서 강력한 지진이 느껴졌다.

자연 재앙이 어찌 한곳에 집중되겠느냐마는 어쨌든 이곳에 있는 사람들에게 있어 다른 곳의 사정은 제 알바가 아니었다.

당장 제 코가 석 자.

"지, 지진이다!"

"꺄아아악!"

턱, 와장창.

강력한 지진이다. 한반도에 이런 큰 규모의 지진이 있었나 싶을 만큼 대단한 위력을 표출했다.

사람들은 겁에 질려 자빠지고 미끄러졌다.

탁자 위의 식기가 미끄러져 바닥에 와장창 떨어지고 진열대 유리창은 쩍쩍 금이 가더니 요란한 소리와 함께 깨져 버렸다.

"헉!"

"밖으로 나가요, 밖으로!"

건물의 외벽이 쩍쩍 갈라져 틀어지며 혼탁하고 뿌연 숨을 세차게 토한다.

천장이 뒤틀어지고 형광등이 일제히 픽픽 터져 나가며 백색의 유리 파편을 사방으로 뿌려댔다.

순식간에 찾아온 대혼란에 모두가 죽을힘을 다해 밖으로 나갔다.

현성과 인경은 다행히 창문가에 있어 쉽게 빠져나올 수 있었다.

물론 창문이 깨어지면서 그 파편을 모두 뒤집어썼지만 다행히 상처는 입지 않았다.

"악! 도, 도와주세요!"

식당 아주머니가 천장에서 떨어진 뾰족한 파편으로 인해 허벅지에 관통상을 입었다.

상처 부위로 번진 피는 삽시간에 그 주변을 시뻘건 핏물로 물들였다.

식당의 고객들은 이미 밖으로 대피한 상황.

뒤틀린 낡은 건물은 당장에라도 무너질 듯 위태롭다.

그러한 곳으로 뛰어 들어가서 성치도 않은 사람을 구하는 일은 제 목숨을 담보해야만 가능한 일이다.

더욱이 밖이라고 해서 안전한가 하면 그것도 아니었다.

지축은 미친 듯이 흔들리고 있으며, 지척엔 액체 폭탄이라 불려도 무방할 주유소가 위치해 있다.

차갑게 언 마른 땅에 흐르는 이 물은… 기름이다.

"도망가!"

"꺄아아악!"

이인경이 혼란에 빠진 사람들에게 소리쳤다.

몸의 중심을 잡기도 어려운 흔들림은 여전하다.

그러다 보니 모든 이들이 기다시피 움직였다.

"이쪽으로 와요! 이쪽이에요!"

유출된 기름은 경사를 따라 도로 방향으로 흘러가고 있었다.

그때 저쪽에서 트럭 한 대가 가드레일을 타고 이곳으로 미끄러졌다.

꽉꽉 튀는 트럭의 시퍼런 불씨는 곧 불꽃이 되었다.

굶주린 저 불꽃과 가연성 액체 탄화수소가 만난다면 불꽃은 바닥의 기름을 타고 주유소를 곧장 급습할 것이다.

이 급박한 상황에 그나마 다행인 것은 미끄러져 오는 트럭이 곧장 주유소로 쳐들어오지 않는 데 있었다.

사색이 된 모두가 인경이 가리킨 방향으로 죽을힘을 다해서 움직였다.

절체절명의 이 순간, 살기 위해서는 되도록 멀리 휴게소와 떨어져야 한다.

다급해진 사람들은 흔들리는 땅이 원망스러웠다.

"현성아! 저 아주머니……."

이리저리 일그러지고 있는 창틀 안쪽에서 도움을 호소하는 아주머니를 발견한 인경이 대경해 소리쳤다.

현성 역시 그 여인을 보았지만 그녀를 구할 마음은 쉽게 먹지 못했다.

저 안으로 곧장 뛰어가도 아주머니에게 당도하기도 전에 건물이 붕괴할 것이다.

더욱이 아주머니에게로 가기 위해서는 돌아가야 하는 장애물이 버티고 있어 직선으로의 이동은 불가능했다.

여기에 더해 주유소가 언제 폭발할지 모른다는 점도 감안해야 한다.

구출에 성공할 확률을 잡아먹는 변수가 지나치게 많다.

인정과 감정에 이끌려 행동했다간 제 목숨도 보장할 수 없는 상황이다.

그래서 현성의 포기는 단호했다.

"더 있다간 개죽음뿐입니다. 뛰어요!"

"너라면 저 아주머니를 구할 수 있어! 너라면!"

인정에 휘둘린 인경은 현성의 재촉에도 요지부동이다.

인경은 현성이 아주머니를 붙잡는 순간 공간 이동을 하면 두 사람 모두 안전할 것이라고 생각하고 있었다.

"무리입니다."

다시 한 번 단호하게 소리친 현성은 인경의 손목을 강하게 낚아챈 뒤 뛰기 시작했다.

더 이상 그녀와 말씨름할 시간이 없었기에 완력으로 밀어붙이는 현성이다.

불이 붙은 트럭이 벌써 지척에 다다랐다.

인경의 애간장을 태우던 식당 아주머니는 떨어진 지붕 잔해 속으로 그 모습을 감추었다.

불길에 휩싸여 미끄러져 오던 트럭은 갑자기 튀어나온 지면의 돌출부를 들이박고 정확하게 주유소를 강타했다.

최악의 상황이 발생한 것이다.

쿠아아아앙! 쾅쾅쾅!

거대한 굉음과 뜨거운 열풍은 틈 하나 없이 사방으로 쭉쭉 뻗어 나갔다.

폭발의 진원지와 근접한 현성과 인경에게 내일이란 없어 보였다.

그러나 현성은 공간 이동 스킬러!

파앗!

거대한 불의 파도가 남녀를 덮치려는 그 아찔한 순간, 현성은 인경과 함께 폭발의 진원지에서 멀찍한 곳으로 달아났다.

*　　　　*　　　　*

칠흑 같은 어둠과 한기에 휩싸인 흙냄새가 현성의 후각을 강하게 자극했다.

열기와 함께 공간 이동을 한 현성은 온몸이 따끔거렸다.

화상이란 표현을 쓰기에는 무리가 있었지만 그의 옷을 보면 군데군데 탄 흔적이 보였다.

"여긴 어디지?"

위급한 순간 현성은 인경의 몸을 감싸며 화기로부터 그녀를 보호했다.

겉으로는 무심하고 냉정하지만 역시 그 속내까지 그러한 것은 아니었다.

그저 이를 떠벌리지 않아 사람들이 모를 뿐이다.

급박한 상황에 현성은 안전한 곳만을 떠올렸다.

그렇다 보니 자신이 지금 어디로 공간 이동을 했는지 알지 못했다.

"모릅니다."

인경이 핸드폰을 꺼내 불을 밝혔다.

그제야 주변을 확인한 두 사람은 깜짝 놀랐다.

흙으로 만들어진 동굴이다.

벽과 천장에 나무뿌리가 보였다.

어떤 곳은 허물어질 것처럼 위태롭다.

하지만 숨쉬기에는 불편함이 없었다.

그러니 어디선가 산소가 유입된다는 소리다.

조금씩 마음을 진정시키자 공기의 흐름이 느껴졌다.

"우선 이쪽으로 가죠."

현성과 달리 인경은 공기의 흐름을 전혀 알아차리지 못했다.

인경은 이 미세한 흐름을 감지하는 현성이 신기할 뿐이었다.

그렇다고 여기서 마냥 주저앉아 있을 수는 없었다.

인경은 현성의 리드를 따를 수밖에 없었다.

지금 그녀는 몹시 겁먹은 상태였다.

당연한 태도다.

생매장당한 느낌을 지울 수 없는 이 분위기에서 어찌 담담하게 행동하고 생각할 수 있겠는가.

"…으, 응."

현성이 함께 있어 천만다행이라고 생각한 인경은 주저앉으려는 몸과 마음을 일으켜 세울 수 있었다.

얼마 지나지 않아 유일하게 어둠을 밝혀주던 인경의 핸드폰이 배터리가 다 되었다는 신호 음을 흘린다.

"현성아, 네 핸드폰은?"

"…배터리가 없습니다."

늘 그렇다. 매사에 철저한 편인 그의 유일한 단점.

"하아, 내가 누누이 말했잖아. 배터리는 충전하고 다니라고."

맥이 쭉 빠진 인경의 타박에 현성은 씁쓸함을 느꼈다.

핸드폰이란 물건은 그에게 시계 대용품이었지 소통의 도구가 아니었다.

그러한 삶을 오래 살다 보니 핸드폰을 충전해야겠다는 생각을 자주 깜빡했다.

전에 이 일로 꽤나 고생했음에도 말이다.

이래서 습관이란 무서운 것이다.

핸드폰 전원이 끊어지는 소리와 함께 유일한 빛줄기가 사라졌다.

갑자기 몰려온 어둠에 짓눌린 인경이 저도 모르게 신음을 흘리며 비틀거렸다.

감각으로 인경의 손을 붙잡은 현성은 목소리를 최대한 담담하게 가다듬고 그녀를 위로했다.

"조금만 더 가면 바깥으로 나갈 수 있습니다."

"위로가 되네. 고마워, 현성아."

인경은 그의 말이 자신을 위로하기 위한 임시변통이라고 생각했다.

뭐, 틀린 생각은 아니다.

하지만 현성은 조금 전보다 더욱 강렬하게 공기의 흐름을 느끼고 있었기에 빈말인 것만은 아니었다.

"내 손 잡아요."

이 어둠 속에서 믿을 수 있는 사람은 이 앞의 어린 남자뿐이다.

인경은 그의 손을 힘주어 꽉 움켜잡았다.

'하늘이 두 쪽 나도 절대 이 손을 놓지 않으리라.'

그렇게 인경은 다짐했다.

후두득.

그때 인경의 정수리로 알갱이가 떨어진다.

그 양이 처음엔 적어서 알아차리지 못했다.

하지만 그 양이 갑자기 늘어나자 그제야 알아챘다.

손으로 머리를 만진 그녀는 이것이 흙과 결합한 얼음 알갱이인 것을 알았다.

그녀의 손에서 알갱이는 금세 녹아버렸다.

현성에게 이 사실을 알리려던 찰나 전방에서 갑자기 붕괴하는 소리가 멀리서 달려오는 도미노처럼 들려왔다.

그리고 그 소리는 현성과 인경에게 숨통을 턱턱 막는 흙먼지를 선봉장으로 보냈다.

"뛰어요!"

현성은 인경을 잡아끌며 뒤돌아 뛰었다.

감각이 뛰어난 현성이었지만 빛 한 점 없는 어둠 속을 꿰뚫어 볼 수 있는 시력은 없었다.

복병처럼 튀어나와 있는 고르지 못한 바닥과 천장과 벽에서 튀어나온 뿌리가 두 사람을 치고, 때리고, 붙잡았다.

찌이이익.

현성의 옷이 뾰족한 나무뿌리에 걸려 길게 찢어졌다.

그의 뒤를 쫓아 뛰던 인경은 그 뿌리에 얼굴이 긁혔다.

몹시 아팠지만 그 아픔에 휘둘려 주저앉아 있을 수는 없었다.

걸음을 멈추는 순간 생매장이 되기에…….

노도처럼 질주하는 붕괴를 피하기에 인간의 다리는 연약했다.

더 이상 피할 수 없게 된 현성은 이쪽으로 걸어오면서 보았던 틈에 인경을 밀어붙인 뒤 자신의 몸으로 인경의 몸을 덮었다.

"꺄아악!"

인경의 입에서 터진 비명과 함께 현성의 등 뒤로 나 있던 통로가 주저앉았다.

공간은 좁고 협소하여 두 사람이 몸을 밀착한 채 서 있는 게 고작이었다.

꽉 막힌 공간. 산소는 빠르게 소진되어 갔다.

막막했다. 지독한 어둠처럼, 꽉 막힌 공간의 압박감이 전해 주는 무게감처럼.

현성은 자신의 앞가슴이 젖어가는 것을 느꼈다.

그의 가슴팍에 이마를 댄 인경이 소리 없이 울고 있었다.

공간 이동의 스킬러.

그럼 뭐하나. 횟수에 걸려 더 이상 사용할 수도 없다.

하지만 능력을 사용할 수 있기를 그저 멍하니 기다릴 수만은 없다.

뭐라도 해야 한다.

현성은 벽을 긁었다.

손끝이 금세 짓무르고 손톱은 알알이 박혀오는 흙 알갱이에 뒤집어졌다.

몹시 고통스러웠다.

인경도 현성이 무엇을 하려는 것인지 눈치채고 거들었다.

밀착한 남녀는 생존을 위해 필사적으로 이 일에 매달렸다.

생명이 붙어 있는 그 순간까지 현성은 결코 물러설 생각이 없었다.

하다가 안 되면 어쩔 수 없다.

무모하고 어리석은 짓인 줄은 알지만 그래도 그는 악착같이 흙을 파내고 또 파냈다.

고통이 무뎌져 갔다.

의식이 가물거려간다.

악착같던 탈출 행위들이 서서히 죽어간다.

현성과 인경은 의식을 잃고 서로의 몸을 의지한 채 그렇게 선 자세로 기절했다.

이 기절의 끝엔 영원한 안식만이 기다리고 있을 것이다.

"현성아."

"누구……?"

"일어나라. 어찌 이런 곳에서 너의 삶을 놓으려 하느냐!"

엄한 꾸지람이 목소리에 가득 서려 있었다.

현성은 주위를 둘러보았다.

빛나는 색색의 물결이 온 세상을 뒤덮은 채 흐르고 있었다.

그리고 몹시 따뜻하고 상쾌한 기운이 몰려와 그에게 충만감을 선물했다.

난생처음 보는 장면과 처음으로 느껴보는 짜릿한 충만감에 현성은 이곳이 천국이 아닐까 싶었다.

죽음이 이러한 것이라면 굳이 이를 마다할 이유가 없다.

이곳에 안주하려는 현성의 생각을 읽은 듯 음성은 강렬한 노기를 띠었다.

"네 이놈! 내 너를 그리 가르쳤더냐!"

천둥처럼 우렁찬 호통성이다.

이에 현성은 벼락을 맞은 듯 사지를 바르르 떨었다.

그는 급히 목소리의 진원지를 찾아 주위를 두리번거렸다.

하지만 그 어디에도 목소리의 주인은 보이지 않았다.

정신을 가다듬으며 현성은 생각했다.

이 목소리… 추억의 저편 어딘가에 간직된 누군가의 것과 닮았다.

그게 누굴까? 현성은 필사적으로 추억의 저편을 파고들었다.

"하, 할아버지! 어, 어떻게……?"

현성의 어머니에게 그의 외조부는 참으로 매정한 아버지였다.

오죽하면 그의 어머니가 자신을 고아라고 생각하며 평생을 살았을까.

그처럼 무정하고 무심했던 현성의 외조부는 매우 특별한 사명을 지닌 사람이었다.

그 사명의 무게가 무거워 처자식을 방치할 수밖에 없었다.

"내 가르침을 기억하느냐?"

그 순간, 외조부와 함께했던 그의 어린 시절 기억이 뇌전처럼 그를 때렸다.

그러자 그의 모습은 괴이한 공간에서 급속도로 접히더니 어딘가로 순식간에 튕겨나갔다.

오색영롱한 빛의 물결이 넘실대던 공간에 이제 사람의 형상은 그 어디에서도 찾아볼 수 없다.

그 오색의 세계.

눈매가 날카로운 신선풍의 노인이 현성이 사라진 그 자리에 솟구치듯 나타나 서글픈 표정으로 낮게 독백했다.

"앞으로 이 세계는 참으로 어둡고 혹독한 길을 걷게 될 것이다. 하지만 난 믿고 있단다. 너의 카르마가 완성한 고귀한 신령(神靈)이 너를 인도하리란 것을 말이다. 잘 있어라, 사랑하는 나의 손자여."

노인, 아니, 현성의 외조부는 이 말을 남긴 후 신비롭고 영롱한 세상에서 자취를 감추었다.

이곳은 현성의 무의식이 창조한 세상. 그리고 오늘과 같은 일을 대비하여 그의 의식 깊숙한 곳에 사념을 남겨두었던 현성의 외조부. 참으로 놀랍고 기묘한 일이 아닐 수 없다.

저항할 수도, 벗어날 수도 없었던 죽음과의 차디찬 조우. 그 명확한 선고 앞에서 무릎을 꿇었던 현성은 참으로 기이한 경험 후에 식어가던 그 눈을 번쩍하고 떴다.

그리고 그 순간, 현성의 공간 이동 능력이 번갯불처럼 발휘됐다.

팟!

1일 1회. 그것은 현성에게 긴널 수 없을 것 같은 막막한 약점이었다. 하지만 그는 이 의문의 꿈—그는 이를 꿈이라 여겼다—을 계기로 그 막강한 벽을 돌파해 버렸다.

와르르.

남녀가 있던 작은 공간은 그가 사라지길 기다렸다는 듯 곧 와르르 무너져 내렸다.

제14장
몬스터 게이트

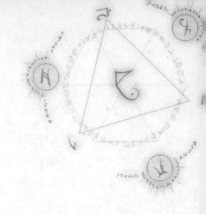

　어제 오후 2시 34분경 발생한 지진은, 리히터 진도 규모 6.8로 한반도 전역은 물론 세계 곳곳을 강타하며 큰 피해를 남겼습니다.

　해외는 물론 국내에서도 이번 강진으로 건물과 가옥의 피해가 발생했으며 해일로 인한 해안가의 피해와 농경지의 피해도 엄청난 수준입니다.

　정부는 군경과 공무원을 총동원하여 이번 사태에 대한 조속한 피해 복구를 위해 총력을 기울이고 있습니다.

　이번 강진은 일반인들뿐 아니라 학계에도 큰 충격을 전해주었습니다.

　전문가를 모시고 강진의 발생 원인과 대처 요령 등에 대해 자세한 이야기를 듣겠습니다.

국내와 국외의 모든 언론 매체는 세계를 강타한 초유의 이번 강진에 대해 연일 집중 조명하고 있었다.

화면을 통해 국내는 물론 국외의 지진 피해 모습을 어렵지 않게 볼 수 있었다.

그곳은 마치 미친 짐승에게 뜯어 먹히다 만 것처럼 끔찍한 모습이었다.

그리고 여러 나라 중 열 손가락 안에 꼽히는 큰 피해를 입은 국가가 대한민국으로, 내진 설계의 부재가 피해를 더 양산했다며 전문가들은 한목소리로 이를 지적했다.

이번 진도 6.8의 강진으로 부실한 건물들이 대거 무너졌고, 이로 인해 압사한 사상자는 아직 그 수를 헤아리기조차 힘들었다.

구조 작업은 어느 한 지역에 국한된 것이 아니기 때문이다.

스킬러의 등장에 이어 범지구적인 참혹한 재앙까지… 인류의 마음은 썩은 대들보처럼 몹시 위태롭기만 했다.

여기에다 갑자기 불어 닥친 거센 한파까지 가세하니.

"믿음천국! 불신지옥!"

"회개하라! 회개하라! 종말이 다가왔다. 신께서 너희의 죄를 처단하기 위해 재앙의 천사를 보내셨다!"

애애애애앵—! 앵앵앵!

삑!

종말에 다다른 칙칙한 느낌을 물씬 전해주던 TV를 현성은 먹구름이 깔린 무심한 표정으로 꺼버렸다.

TV를 계속 보고 있자니 인류에게 더는 내일이 없을 것만 같았다.

하나에서부터 열까지 모든 것들이 뿌리부터 완벽하게 일제히 삐거덕거리며 혼란의 구렁텅이에서 발악적으로 아우성치는 것 같다.

미래? 오늘 당장도 무엇이 어찌 될지 알 수 없는 초조함이 모두를 억압하고 쫓는다.

우리는 어디로 갈 것인가? 불안하고 두려운 화두만이 머릿속에 온통 꽉꽉 들어차 있을 뿐이다.

꿀꿀한 기분만이 샘물처럼 현성의 가슴 깊은 곳에서 뜨겁게 치솟았다.

'…미쳐 가는 건가?

한적한 국도변 휴게실에서 강진을 만난 현성이었다.

들판 쪽으로 달아났던 사람들은 그 땅이 아래로 갑자기 푹 꺼져 들면서 모두가 생매장이란 끔찍한 일을 당하고 말았다.

인경이 식당 아주머니를 구하자며 미적거린 덕분에 두 사람은 참사를 피할 수 있었다.

아무튼 그날 이후, 조국수호단에 대한 특수국의 수사력에는 커다란 공백이 생기고 말았다.

사람들의 기억에서도 그 일은 과거의 먼 이야기로 흐려져 갔다.

더불어 스킬러에 대한 일반의 우호와 적개심도 시들어 버렸다.

띠리리링. 띠리링링.

그의 전화가 운다.

벨 소리를 따라 현성이 간 곳은 휴업 중인 1층 장례 용품 가게다.

그는 심사가 편치 않을 때면 가게에 앉아 그 마음을 다스리곤 했다.

그때 핸드폰을 거기에 놔두고 그만 잊고 있었다.

그리고 놀랍게도 그의 낡은 2층 집은 주변의 건물과 달리 강진의 피해를 전혀 입지 않았다.

홀로 멀쩡히 우뚝 서 있었다.

발신자는 이인경이었다.

"예."

"이충국이 입을 열었어. 당장 사무실로 와."

인경의 목소리가 전화기에서 단호하게 흘러나온다.

인경은 국도변 휴게실에서 발생했던 일에 대한 기억의 일부를 잃었다.

정확하게는 화염의 폭풍을 피해 현성이 공간 이동을 하던 바로 그 시점이었다.

현성은 이를 다행스럽게 여겼다.

자신의 능력에 변화가 생겼음을 굳이 설명하지 않아도 되었기 때문이다.

겉과 속이 참으로 의뭉스러운 현성이다.

"알겠습니다."

시간을 보니 오후 9시다. 그것도 금요일.

내일 갈 곳이 있었던 그에게 지금의 이 호출은 그저 거북하기만 하다.

'받지 말아야 했나?' 라는 후회가 든다.

현성은 고개를 내저으며 2층 주거지로 발걸음을 옮겼다.

그러다 잠시 걸음을 멈춘 뒤 부엌 한쪽에 쌓아둔 잡화와 가공식품이 들어찬 박스를 본다.

자매를 위해 그가 틈틈이 구매한 것들이다.

'다음에 가야겠군.'

거리로 나선 현성은 요란한 사이렌 소리와 함께 종말과 믿음을 소리치는 종교인들, 희생자들을 애도하는 이들 등의 물결에 휩쓸렸다.

일상이 된 우중충한 풍경이다.

건물의 외벽마다 짐승이 할퀸 듯한 흔적들이 보인다.

뒤틀리고 터져 버린 도로 역시 쉽게 볼 수 있다.

그러한 곳마다 복구의 손길과 구슬땀이 한창이다.

오토바이를 이용해 사무실에 출근한 현성은 곧장 지하 취조실로 걸음을 옮겼다.

"왔어?"

피곤함이 역력히 드러난 인경이 자리에서 일어나 현성을 맞이했다.

"식사는 하셨습니까?"

"대충."

취조실을 들여다볼 수 있는 특수 유리 너머에서 이충국이 지친 기색으로 고개를 숙이고 있었다.

체포된 이후 놈은 강도 높은 조사를 받았다.

탁자 위엔 놈의 것으로 보이는 혈흔이 있었다.

현성이 그곳에 눈길을 주는 것을 본 듯 인경의 입가엔 쓴 감정이 매달린다.

고문 취조는 엄연한 불법이다.

하지만 어쩌랴. 사태가 엄중하다 보니 쥐어 패서라도 불게 해야 한다.

"21세기 대한민국에 고문이라… 동떨어진 세계를 보는 것 같지?"

아직 인경은 현성의 단단한 감성에 대해 모르는 듯하다.

아니, 인경의 감성이 이를 거부하고 있었기에 누군가의 위로와 맞장구가 필요했다고 봐야 할 것이다.

하지만 그러기에는 현성의 감성은 무딜 뿐이다.

"그보다 놈의 배후는 누구랍니까?"

현성은 바로 본론으로 들어갔다.

그의 냉정한 태도에 인경은 내심 혀를 내둘렀다.

하긴, 저런 모습을 한두 번 본 것도 아니다.

피 끓는 이십 대 청춘의 통명한 냉소, 아니, 냉철함이라 해야 할까.

인경은 현성의 이러한 초지일관의 태도에서 오히려 큰 위로를 받았다.

세상이 똥구멍부터 뒤집어져도 오직 현성만은 듬직하게 늘 그 자리에 있을 것 같아서다.

"유오찬이야. 그 빌어먹을 놈이 이충국을 매수해서 조국수호단의 확장과 행동 강령을 정해줬어. 놈이 실토한 곳을 조사한 결과 엄청난 현금이 발견됐어."

스킬러와 관련된 모든 사건의 배후엔 늘 유오찬이 개입해 있었다.

대체 놈의 궁극적인 목적은 무엇일까? 또한 놈이 노리고 있는 결과는 또 무엇이란 말인가.

그리고 드는 의문. 과연 놈이 이 모든 사건의 배후 조종자일까? 그렇게 단정 짓기에는 유오찬의 스킬러 이전의 삶은 지극히 평범했다.

유오찬의 행적을 조사한 결과 지금과 같은 일을 단시간 내에 야기할 재력도, 권력도 놈에겐 없었다.

삼십 대를 바라보는 평범한, 그저 그렇고 그런 대한민국 청년 백수였을 뿐이다.

그런 그가 갑자기 강력하고 위험한 테러분자가 되어 대한민국을 들쑤시고 있었다.

"은행이라도 털었나 보군요."

공간 이동 스킬러에게 있어 국경이나 장벽 따위는 그 발길을 막지 못한다.

은행 따위 터는 일은 사실 일도 아니다.

물론 스킬러의 단점이 그 일을 독단으로는 할 수 없게 하지만.

"이충국에게 전달된 자금이면 언론에 대서특필 될 사건이야. 하지만 국내는 물론 국외에서도 대량의 현금이 강탈당한 그런 일은 없었어. 물론 스킬러 이전 시대에 비해 은행을 노린 강도의 수가 폭발적으로 늘어나긴 했지만."

작은 실마리도 놓치지 않기 위해 하나에서부터 열까지 촉각을 곤두세운 특수국이다.

모든 방면으로 다 조사를 했다는 말이다.

그런 상황이다 보니 인경의 대답은 단순한 그녀 개인의 생각이 아니다.

그랬기에 현성은 쓸데없는 군더더기 질문은 하지 않았다.

"유오찬의 수배는 이미 내려진 상태지 않습니까? 놈이 은신한 곳을 모르는 이상 이충국의 자백이 무슨 소용일까요?"

놈의 위치를 안다 하여도 잡을 수 있을지는 알 수 없다.

전에도 그랬듯 놈은 늘 코앞에서 '픽' 사라진다.

"아니, 있어. 이번엔 달라. 놈의 꼬리를… 잡았어!"

이충국의 체포로 청일 고등학교 테러 사건의 주범 유오찬에 대한 수사는 급물살을 타기 시작했다.

문제는 놈이 은신한 곳이다. 그곳은 미합중국.

한국 정부는 유오찬을 체포하기 위해 미국 정부에 자국 스 킬러 요원들의 입국을 요청했다.

은밀하고 신속하게 진행을 해야 하지만 일처리란 게 그리 쉽게 되지는 않는다.

미국 같은 경우 스킬러에 의한 테러로 큰 피해를 보았기에 한국 정부의 요청을 까다롭게 심사숙고했다.

그러던 어느 날, 미국은 유오찬의 체포를 자신들이 하겠다 는 회신을 한국 정부에 보내왔다.

24시간 출동 태세를 갖추고 있던 특수국 요원들을 맥 빠지 게 하는 일이었다.

그리고 그 결과는…….

미 동부 지역 해안가.

유오찬은 한 통의 전화를 받자마자 주택에 거주하던 자들을 모두 불러 순식간에 자취를 감추었다.

이들이 사라진 뒤, 미 스킬러 통제 관리국의 요원들이 들이 닥쳤으나 범인은 종적을 이미 감춘 후였다.

미국 정부는 체포 실패를 한국 정부에 통보하지 않았다.

자존심이 상했기 때문이다.

대한민국은 이제나저제나 유오찬의 체포 소식과 송환만을 그저 손 놓고 기다릴 뿐이었다.

*   *   *

스스스스.

강진으로 발생한 지각의 변형.

이러한 흔적은 지구촌 곳곳에서 손쉽게 찾아볼 수 있었다.

처음 진도 6.8의 강진 이후 주마다 한 번씩 진도 5.4에서 7.2에 해당하는 위협적인 강진이 주기적으로 발생했다.

명망 높은 지진학자들조차 한목소리로 과학적으로 설명할 수 없는 미스터리 현상이라 했을 정도였다.

지구촌을 휩쓴 잦은 강진은 사람들의 일상을 변화시켰고 모두의 마음에 묵직한 두려움을 심어놓았다.

불안을 느낀 사람들은 기승을 부리던 사이비 종교에 하나둘 빠져들었다.

그래도 이곳에서 위안을 찾으려는 사람들은 그나마 나은 편이었다.

적어도 이들은 끼리끼리 모여 나름대로 종말을 조용히 대비하니 말이다.

일선 경찰서와 지구대는 강진의 발생 이후 24시간 비상경계 태세에 돌입했다.

부족한 경찰력은 각 구와 동마다 향토예비군과 민방위대원들이 자치대를 결성하여 보충했다.

연이은 미스터리 한 자연 재앙으로 생필품 가격도 말이 아니다.

에너지와 식료품 가격이 한 달 사이 수십 배로 폭등했다.

정부가 적극적으로 물가조절에 개입했지만 원자재 가격의 고공 행진으로 실패하고 말았다.

이를 따라잡기라도 하듯 생활형 범죄율도 가파르게 치솟았다.

이는 비단 대한민국만의 고통과 시련이 아니었다.

경제 빙하기. 경제학자들은 지금을 그리 부르고 있었다.

각국은 에너지와 식량 자원의 수급과 확보에 사활을 걸었다.

에너지와 식량 자원을 모두 외국에 의존하는 대한민국으로서는 몹시 힘든 시기였다.

기아와 아사를 걱정할 정도로.

"도둑이야! 저 도둑년 잡아라!"

점잖은 사람도 사흘 굶으면 남의 집 담장을 넘는 법.

생필품 구매를 위해 마트로 향하던 현성은 사람들에게 쫓기는 젊은 여성을 보게 되었다.

그녀는 분유 두 통을 소중하게 안고 현성이 서 있는 방향으로 앞도 안 보고 달려오고 있었다.

사람들은 그에게 그녀를 잡으라고 소리쳤으나 현성은 이를 무시해 버렸다.

그가 길을 터주자 여자는 겁에 질린 얼굴로 현성을 스쳐 지나갔다.

하지만 그녀는 얼마 가지 못했다.

순찰을 돌던 경찰에게 그만 덜미가 잡힌 것이다.

눈물의 애걸복걸, 절절하고 가슴 아픈 사연이 그녀의 입에서 쉴 새 없이 흘러나왔다.

각박한 인심은 일말의 동정도 없다.

멀어지는 사이렌 소리를 따라가듯 하늘에서 선물을 흘린다.

'눈인가?'

현성의 콧잔등으로 한 송이 눈꽃이 떨어졌다.

눈송이는 점점 굵어졌다.

크리스마스 캐럴이 흘러나온다.

현성의 귀엔 캐럴이 장송곡처럼 음울하고 무겁게 들렸다.

마트 입구.

커다란 현수막과 작은 간판이 눈길 닿는 곳마다 설치되어 있었다.

내용은 이러했다.

내일부터 정부 시책에 따라 당국의 식품과 생필품을 배급표에 기재된 일정량만큼만 판매합니다.

정부의 이와 같은 긴급조치에 사람들은 크게 반발했다.

하지만 어쩌겠는가! 정부의 무능함으로 빚어진 결과가 아닌 하늘이 내려주신 시련인 것을.

세계는 지금 에너지와 식량 확보에 위기의 빨간 등이 켜진 상태였다.

하나에서부터 열까지 수입에 의존하여 살아왔던 대한민국. 가장 기본인 식량 안보마저 남의 손에 넘겨주었던 이 부실한 국가의 미래란 어두울 뿐이다.

명품 매장에 길게 줄을 서던 사람들은 이제 식료품을 구매하기 위해 상점 앞에 줄지어 늘어선다.

줄은 끝도 보이지 않았고 그들의 얼굴에도 미소와 생기가 보이지 않는다.

새치기하려는 얌체들이 나오면 사람들은 제 부모를 죽인 원수 대하듯 과격하고 사납게 행동했다.

맞아 죽지 않으려면 질서를 따를 수밖에 없는 분위기다.

앞쪽에 줄지은 사람들은 상점이 오픈 하기 몇 시간 전부터 부지런을 떤 사람들이다.

'안 되겠군.'

기다리기엔 엄두가 나지 않는 줄이었다.

꽁무니쯤에 서 있던 현성은 엄두가 나지 않아 포기하고 돌아가기로 마음먹었다.

그렇게 발길을 돌리려던 그때였다.

매번 지진이 발생하기 전에 받았던 느낌이 이번에도 그를 자극했다.

놀랍게도 스킬러들은 지진이 발생하기 전이면 모두가 현성과 같이 이러한 자극을 받았다.

마트에 들어가기 위해 줄지은 사람 중에서도 스킬러가 있었나 보다. 이들은 사색이 된 얼굴로 '지진이다! 지진이 일어날 거야!' 라며 주변 사람들에게 이를 알려주었다.

아니다, 겁에 질려 비명을 지른 것이다.

방송에서는 이미 스킬러들이 지진을 미리 감지한다는 내용을 보도했다.

폭풍 같은 비명이 터진 그 순간 칙칙하고 음울하던 줄은 순식간에 와해됐다.

일부는 이를 새치기하려는 자들의 조직적인(?) 계략이라 생각하며 굳건히 그 자리를 지키기도 했다.

모두를 긴장과 두려움에 빠뜨린 그 비명은 시간이 지났음에도 아무런 일도 동반하지 않았다.

앞서 경험상 지진은 그런 느낌을 받은 후 오 분 이내에 발생했었다.

하지만 어찌 된 일인지 지금은 이전과 달리 오 분은커녕 이십 분이 지났음에도 쥐죽은 듯 잠잠하다.

웅성웅성.

"에잇, 저 새끼들 어디서 농간질이야."

"개새끼들아, 그렇게 인생 살고 싶어! 저런 비양심들은 몽땅 지옥에 처넣어야 한다니까."

사람들의 원성은 뜨거운 해일이 되어 겁에 질려 소리쳤던 스킬러들을 향했다.

스킬러들 역시 이해되지 않고 답답하긴 마찬가지다.

혼자만의 느낌이라면 모를까 이곳에 있던 스킬러들 모두가 동일한 느낌을 받았다.

이러니 사람들의 오해와 욕설이 이들 입장에선 억울하고 분할 뿐이다.

십 대 후반의 한 스킬러 여성이 목에 핏대를 세운다. 그러곤 욕하는 자들을 향해 분한 표정으로 소리쳤다.

"사기 아니에요! 분명 느꼈어요! 느꼈단 말이에요! 선명하게!"

돌아선 사람들의 마음은 늙은 황소처럼 고집스럽다.

"어린년이 뚫린 주둥이라고 막 지껄이네. 그래, 그럼 지금 이게 지진이냐? 지진이야! 망할 스킬러 놈들 때문에 세상이 이 모양 이 꼴이 된 게야. 그렇지 않고서야 멀쩡하던 세상이 어떻게 이리 망가져! 다 저놈들이 저주받아서 그래! 저주받은 연놈들 때문에 죄 없는 우리까지 고통 받는 거라고!"

장년의 남자가 격앙된 어조로 억울하다는 표정을 지으며 소리친다.

삶이 고달프면 대부분의 사람은 원망의 대상을 찾게 마련이다. 이는 습성이다.

그 타깃이 항변하던 스킬러 여성이 되었다.

찌리릿!

그 순간, 다시 그 느낌이 발작처럼 스킬러들에게 찾아왔다.

사람들의 흉흉한 시선과 면도날 같은 말에 상처를 입은 스킬러들은 더 이상 자신이 감지한 것을 말하지 않았다.

식료품 구매를 포기한 현성은 비방과 지탄이 난무한 그 자리를 뒷전으로 하고 집으로 향했다.

틈틈이 구매한 식료품과 생필품이 다량 있었기에 급하지는 않았다.

그저 시간이 오늘 낮기에 왔을 뿐이다.

그런데 서늘한 기운이 심장을 서걱 베어버리고 간 듯한 아리고 불쾌한 느낌이 보다 강력하게 찾아온다.

이번 느낌은 놀랍게도 그 발생지를 찾아낼 수 있었다.

이곳의 모든 스킬러들이 일제히 한곳으로 고개를 돌렸다.

이들의 시선이 못 박힌 곳은 외벽이 처참하게 뜯겨 나간 어느 신축 오피스텔 상공으로, 그곳에서는 아주 괴이한 현상이 일어나고 있었다.

공간의 쪼개짐이랄까? 아무튼 그 불길한 현상은 스킬러들에게 화를 내던 일반인들의 시선까지 단숨에 사로잡았다.

"어라? 저게 뭐지?"

"되게 불길해 보인다."

"마왕이라도 강림할 것 같네. 으으."

어떤 현상에 대한 대부분 사람들의 시각은 극도로 부정적이다.

최근에 발생하고 있는 잇따른 재난 때문이다.

"저 속에서… 뭐, 뭐가 튀어나오고 있어!"

휴대용 작은 쌍안경을 가진 어느 남자가 공간의 비틀림을 보며 비명 같은 신음을 흘렸다.

과연 이 남자의 말처럼 찢어진 듯한 모양새의 그 공간에서 푸른색 덩어리가 토해졌다.

덩어리는 세 개로, 형체는 온전하지 않았다.

치킨의 조각 같다.

괴물체의 조각은 오피스텔 옥상과 도로로 떨어졌다.

이 현상을 보지 못한 행인들과 차량들은 머리 위로 후두두 떨어지는 덩어리에 다들 기함했다.

그 장소는 순식간에 아수라장이 되어버렸다.

"꺄아아아악!"

"허억!"

마트로 들어가기 위해 줄지어 있던 사람들은 호기심에 이끌려 모두 그 현장으로 뛰어가기 시작했다.

갑자기 줄이 반으로 확 줄어들자 현성은 괴 사건 현장을 힐끔 보다가 이내 줄어든 줄에 냉큼 자리를 잡았다.

호기심이 빈대의 간만큼도 없는 현성이다.

따리리링.

차례를 기다리던 현성의 핸드폰이 울어댔다.

"예, 인경 선배."

"부국장님 긴급 호출이야. 당장 사무실로 들어와."

24시간 출동 대기.

이것이 현성의 운신의 폭을 좁게 만들었다.

그렇지 않았다면 그는 벌써 아연과 희연 자매가 머물고 있는 산골 집으로 갔을 것이다.

그곳에서도 핸드폰이 정상 작동하면 좋으련만. 인생이 그렇듯 늘 완벽한 조건은 없다.

"무슨 일입니까?"

한바탕 일어난 소란으로 십 분만 기다리면 마트로의 진입이 가능할 것 같다.

미적거리고 싶은 마음으로 던진 질문에 인경의 어조가 보다 빨라지고 단호해졌다.

"비상사태야."

언제는 비상 아닌 적이 있었던가? 현성은 사직에 대해 신중하게 고려했다.

하지만 사직하면 취미가 되어버린 사격을 할 수 없게 된다.

그렇다 보니 늘 마음속으로 사표를 들고 다니면서도 행동으로는 선뜻 옮기지 못했다.

그는 가는 길에 괴 틈새에서 떨어진 물체를 구경하고 가기로 결정 내렸다.

그 주변은 몰려든 사람들로 북적거렸다.

"그거 봤어? 그런 생물 본 적 있어?"

"그게 생물이 맞긴 맞는 걸까? 난 그런 생물이 있다는 것조차 듣지 못했어."

호기심을 충족한 사람들은 하나같이 그 얼굴에 짙은 의구심을 드러냈다.

곧 경찰과 완장을 착용한 자치대가 도착해 통제에 나섰다.

인파의 틈새로 현성은 불길한 녹색 액체와 칙칙한 느낌의

푸른색 덩어리를 볼 수 있었다.

조각난 그 덩어리들을 조합해 보면.

"저거… 그리스신화에 나오는 켄타우로스 닮지 않았어?"

한 청소년이 제 친구들에게 자신의 생각을 말했다.

"저, 정말이네."

"켄타우로스 맞네, 맞아… 초능력자에, 지진에, 이젠 저런 신화 속 괴물까지! 그런데 저놈은 왜 죽은 거지?"

"차원 이동 중에 죽은 게 아닐까?"

차원 이동설을 진지하게 언급하는 친구를 향해 한 녀석이 혀를 찬다.

"차원 이동? 소설을 써라, 소설을. 어떻게 차… 음, 그럴 수도 있겠네."

그는 곧 현실과 너무나도 동떨어진 일들이 주변에서 자주 발생하고 있음을 떠올리곤 곧 수긍하는 모습을 보였다.

이 무리의 대화는 주변으로 퍼져 나갔고 현장에 있던 모든 이들이 저 괴이한 덩어리를 켄타우로스의 조각이라 단정 내렸다.

공상의 산물로 여겨졌던 초능력자의 등장에 이어 재난 영화에서나 등장할 법한 잦은 강진, 그리고 그 정점을 찍어버린 신화 속 괴물의 출현까지.

21세기 지구는 이 순간 방향을 잃고 표류하고 있었다.

'켄타우로스라.'

조용히 그 이름을 뇌까리며 현성은 사무실로 발걸음을 옮겼다.

하지만 이 괴 사건은 비단 이곳에서만 발생하지 않았다.

세계 도처에서 이와 비슷한 일이 발생했으며 이곳과 달리 그곳에선 온전히 살아 있는 놈들이 등장하여 무차별적인 학살을 자행했다.

* * *

세모 꼴의 섬뜩한 세 개의 큰 눈, 네 개의 긴 팔과 근육질인 말의 몸통, 강력한 독성을 지니고 있으며 채찍처럼 유연한 꼬리, 그리고 칙칙한 푸른색 피부를 가진 괴물.

화면에는 괴수 영화에서나 볼 법한 장면이 펼쳐지고 있었다.

브라질의 어느 도시.

관광객의 카메라는 공간의 틈새에서 튀어나온 이 괴상망측한 생물체의 등장과 학살 장면을 담고 있었다.

주변에서 폭발하는 비명과 흔들림 이후 카메라가 바닥에 떨어진 듯, 그 각도와 높이에서 촬영됐다.

괴물은 제 동료의 몸뚱이로 보이는 수십 개의 조각과 함께 도심에 떨어졌다.

신장 2.8미터에 몸길이 5미터에 이르는 이 푸른색의 괴물은 강력한 폭발력을 지닌 화염구를 입에서 쏘아대며 일대를 끔찍한 아수라장으로 만들었다.

또한 네 개의 팔을 휘둘러 달아나는 사람들을 빠른 속도로 쫓아가 짓밟고 찢으며 그 육신을 흡수하듯 먹어치웠다.

이어서 브라질의 경찰이 출동하여 놈을 향해 일제사격을 벌이는 모습이 보였다.

철판도 뚫어버릴 수많은 총알은 놀랍게도 놈의 칙칙한 푸른색 피부를 뚫지 못하고 사방으로 튕겨 나갔다.

흥분한 놈은 더욱더 날뛰었고, 그럴수록 피해는 눈덩이처럼 커져 갔다.

중화기가 등장하지 않고서는 놈을 잡을 수 없을 것만 같았다.

그때 신부 복장의 한 서양인 남자가 등장하여 자신만의 기도문을 외웠다.

비명과 소란이 폭발하는 중에서도 그 소리는 산사의 종처럼 또렷했다.

"주여, 당신의 미천한 종이 저 사악한 존재를 멸하길 원하옵니다. 당신의 권능이 이 몸에 임하여 악을 멸하는 검으로 삼으소서! 미켈레의 검, 출!"

짓밟힌 인간의 파편이 널린 그 잔혹한 거리에 등장한 신부 복장의 남자.

기도를 마친 그는 놀랍게도 단신으로 괴수를 향해 달려 들어갔다.

무모한 행동이었다. 제정신을 가진 자라면 결코 할 수 없는 만용이었다.

하지만 놀랍게도 그 신부는 총기에도 상하지 않던 괴물의 몸뚱이에 깊은 상처를 만들었다.

분명 괴물을 향해 달려가던 순간 카메라에 잡힌 신부의 손에는 아무것도 없었다.

그런데 어찌 된 영문인지 괴물에 접근하여 공격하는 순간에는 손에 황금빛 찬란한 광검이 쥐어져 있었다.

그 신비의 검은 놀랍게도 총알 세례를 버티던 괴물의 신체에 단숨에 깊은 상처를 만들었다.

분출하는 녹색의 진득진득한 핏물을 피한 신부는 몸체가 앞으로 기운 괴물을 향해 달려들더니 그 목을 단숨에 베어 동체와 머리통을 분리해 버렸다.

괴물의 목은 허공에 자욱한 녹색의 피를 뿌려놓은 뒤 바닥에 텅 소리를 내고 떨어졌다.

화면은 여기까지였다.

브라질에 등장한 괴물은 정체 모를 신부의 광검으로 그 명줄이 끊어졌다.

그러나 다른 곳에 등장한 괴물은 긴급 투입된 중화기로 인해 간신히 제거할 수 있었다.

삑.

화면은 리모컨에 의해 검은 액정 화면으로 돌아간다.

"여러분이 본 이 화면은 현실을 담은 것이다. 우리나라에서도 화면 속에서 발생한 현상과 같은 일이 벌어졌다. 불행 중 다행으로 산 놈은 없었다. 어찌 된 영문인지 몸체가 토막 난

사체만 도처에서 발견되었다. 지금 각계각층의 학자들이 모여 이 생물체의 사체를 다각도로 조사하고 있다. 현재까지 밝혀진 바는 이 생물체는 지구상에 단 한 번도 출현한 적이 없는 미지의 존재라는 것이 전부다."

국정원 특수국 요원들이 모인 대강당에서 최우민 부국장이 브리핑을 직접 주관하고 있었다.

사태의 심각성이 크다는 방증이다.

현장에는 정부의 고위 공직자를 포함해 청와대에서 나온 인사도 여럿 보인다.

그리고 이곳엔 현성도 인경과 함께 앉아 있다.

"정말 두려운 일이지 않아?"

인경이 몸을 잘게 떨며 말했다.

공포 영화가 현실이 되어버린 상황이니 어찌 두렵지 않겠는가.

그녀는 현성과 달리 화면 속 내용을 이미 보았다.

그럼에도 불구하고 그녀는 이 순간 이를 처음 접한 사람처럼 반응했다.

"근데 저 화면 속 신부는 누굽니까?"

광검이라니… 황금빛 검이라니…

현성의 관심은 황금빛 검을 휘두른 정체불명의 신부에게 집중돼 있었다.

"브라질 당국도 그 신부의 정체를 조사 중인가 봐. 그보다 현성아, 너 그 광검을 보고 느낀 거 없니? 몸속이 찌릿찌릿하다든가, 혹은 흥분으로 몸이 떨린다든가. 뭐, 그런 거 말이야."

인경의 표현은 지극히 주관적이다.

하지만 그녀가 설명하고자 하는 요지에 대해서는 십분 이해할 수 있었다.

"두 번째입니다."

현성의 말에 인경은 의아한 표정으로 그를 보았다.

"그게 무슨 말이니?"

"저 괴물이 괴상한 틈 속에서 나올 때 저도 그 근처에 있었습니다. 물론 죽은 파편이 떨어졌죠. 놈들이 나오기 전, 지진 발생 전에 느꼈던 것과 같은 느낌을 받았습니다. 현장에 있던 여러 스킬러들도 그랬습니다."

"지진은 없었잖아?"

몬스터 게이트와 멀리 떨어진 스킬러들은 이를 느끼지 못했다.

인경 역시 그러한 스킬러 중 하나다.

"예, 맞아요. 지진은 없었죠. 대신⋯ 저놈들이 튀어나왔습니다."

현성의 심각한 어조에 인경이 정신을 차리고 반응을 보이려 할 때였다.

대형 화면을 뒤로하고 연단에 서 있던 최우민 부국장이 술렁이는 장내를 진정시키며 입을 열었다.

최우민 부국장은 앞서 현성과 인경이 나눈 대화와 같은 맥

락의 이야기를 모두에게 전달했다.

장내는 다시 한 번 크게 술렁거렸지만 곧 가라앉았다.

"한 시간 전, 브라질에 등장한 신부로부터 메시지가 각국에 전달됐습니다. 그 내용의 전문을 여러분에게 공개하겠습니다."

웅성웅성.

최우민 부국장은 발생한 소란을 진정시키는 멘트 하나 없이 곧장 화면을 켰다.

화면 속엔 앞서 브라질 사태에서 큰 활약을 보였던 신부가 나타났다.

장내의 소란은 그 순간 쥐죽은 듯 가라앉았다.

신부는 이탈리아인이었다.

그는 이탈리아어로 자신의 신분과 모두를 놀라게 한 광검의 정체에 대해서 밝혔다.

사막이 아래에 나와 있어 알아듣는 데 불편은 겪지 않았다.

그의 연설은 종교적인 색채가 무척이나 강했다.

그가 종교인인 점을 감안하면 당연한 것일지도. 내용은 이러했다.

스킬러는 하나님께 선택받은 고귀한 사명을 지닌 인류입니다.

스킬러의 사명은 사악한 세력으로부터 내 이웃과 사회를 지키는 것입니다.

나의 직업은 하나님의 신실한 종입니다. 그리고 세상을 떠들썩하게 만든 스킬러 중 하나이기도 합니다.

하나님의 종으로서, 그리고 스킬러의 한 사람으로서 나는 재앙의 징조를 슬프게도 먼저 느꼈습니다.

전 인류를 피폐하게 만든 강진은 두렵게도 진정한 재앙의 탄생을 위한 사전 진통입니다.

이에 대한 나름의 증거는 바로 인류가 접해본 적이 없던 생소한 생물체… '후이넘'을 들 수 있습니다.

제가 가진 스킬러의 능력은 본질의 파악입니다.

저에게 이러한 능력을 하나님께서 주셨기에 악의 이름을 알게 되었고 이보다 더 거대한 존재에 대해서도 알게 되었습니다.

전 여러분들이 보았던 미켈레의 검—황금빛 광검—으로 사악한 존재를 처단할 수 있었습니다.

이는 저 개인에 국한된 능력이 아닙니다.

고귀한 사명을 받은 전 세계의 스킬러 분들께 간곡히 당부합니다.

성자의 마음, 성부의 마음, 성신의 마음을 지금이라도 닦으십시오.

어진 목자가 되어주십시오!

그 마음이 제가 그러했듯 악의 세력을 응징할 원동력이 되어줄 것입니다.

마지막으로 모든 분께 간곡히 부탁드리겠습니다.

스킬러는 여러분의 권리와 권익을 침해하는 돌연변이가 아닙니다.

신께서 여러분의 삶과 미래를 지키도록 예비한 신성한 기사입니다.

부디 세속의 사소한 것에 눈이 멀어 스킬러를 멀리하고 배척하려는 마음을 거두어주시길 간절히 바랍니다.

현성은 반델리오 신부의 괴로움에 찬 성명에 적잖은 충격을 받았다.

얼마 전 그는 인경과 함께 절체절명의 순간을 맞았었고, 기적처럼 1일 1회라는 능력의 한계를 뛰어넘었다.

당시 그는 꿈속에서 저승의 강 너머로 오래전에 떠나보낸 외조부를 보았다.

그날 이후 그의 머릿속엔 온통 외조부의 가르침이 마치 어제의 일처럼 생생하게 되살아나고 있었다.

하지만 외조부의 그 가르침은 분명 생생했음에도 불구하고 완성되지 않은 퍼즐과 같았으며 떠도는 뜬구름처럼 흩어져 있었다.

그랬던 그에게 반델리오 신부가 전달한 성명의 일부는 뜬구름을 모두 불러 모아주는 역할을 했다. 즉 퍼즐의 완성판을 만드는 계기를 제공한 것이다.

그에게 이 일은 기연이 아닐 수 없었다.

반델리오 신부가 유독 강조했던 내용 중에서 성부, 성자, 성신의 마음을 닦는다는 부분이 그에게 힌트가 되었다.

현성아, 사람의 몸은 영혼의 그릇이니라. 그리고 그 그릇에 담긴 영혼은 또 다른 것의 그릇이니. 나는 이를 신이라 부른다. 몸을 닦아 정을 기르고, 영혼을 닦아 신을 길러야 하느니라. 그리고 궁극의 신을 완성하면 이를 하나로 합쳐야 한다. 정기신이 하나가 되었을 때, 너만이 볼 수 있는 눈부신 등대가 널 어둠에서 구원할 것이다. 내가 너에게 가르치는 것은 가장 기본이되, 가장 온전한 수련의 방편이니라. 너는 이를 한시도 잊어서도 안 될 것이며, 수련을 게을리해서는 아니 될 것이다.

눈부신 등대.

현성은 총알 세례에도 끄떡도 않던 켄타우로스… 아니, 후이넘을 단숨에 베어버린 반델리오 신부의 미켈레의 검에 대한 힌트를 돌아가신 외조부가 이미 일찍부터 자신에게 가르쳐 왔다는 생각을 뇌리에서 지울 수 없었다.

미켈레는 이탈리아어로 대천사 미카엘의 이름이다.

돌이켜 생각해 보니 어린 시절 자신을 처음 본 외조부는 몹시 놀란 얼굴로 이러한 말을 했었다.

'고귀한 명왕께서 이 땅에 강림하셨구나!' 라고 말이다.

주마등처럼 생생하게 스치는 과거의 기억들. 그 기억의 홍수에 푹 빠져 있던 현성을 인경이 깨운다.

"현성아, 현성아."

"아, 예……."

"후이넘. 이 이름 어디서 듣지 않았어? 무척이나 귀에 익은 느낌이 들어."

누군가에겐 인생의 역전을 꾀할 수 있는 힌트가, 또 다른 누군가에게는 두려움과 혹은 의문이 된다.

현성은 인경을 힐끗 쳐다본 뒤 무심한 어조로 말했다.

"조나단 스위프트가 집필한 걸리버여행기에 나오는 말의 형상을 한 종족이 후이넘입니다. 후이넘의 나라에서 인간은 야후라 불리죠. 인간의 형상을 한 야후는 탐욕스럽고 역겨운 짐승으로 묘사되어 있습니다."

인경은 어안이 벙벙한 표정으로 현성을 뚫어져라 보았다.

가방끈의 길이가 어찌 지식과 지혜를 가늠하는 척도가 될 수 있으랴.

오늘 인경은 현성을 통해 이를 다시 한 번 되새김질할 수 있었다.

"너… 대단하다. 그나저나 우연치곤 너무 일치점이 많지 않아? 그 괴물도 말의 형상을 했고 걸리버여행기에 나온 그 종족도 말의 형상이잖아."

"우연은 백사장의 모래처럼 많죠. 군이 연결할라치면. 그리고 독서는 제 유일한 취미입니다."

"끄응, 사람 민망하게. 쳇! 나도 독서 좀 해야겠어. 하아, 참 그보다 걱정이네."

"……?"

"저 신부의 기술을 배우려면 가톨릭으로 개종해야 되지 않겠어? 안 그래?"

현성은 그녀의 표정에서 이 말이 가벼운 농담인 것을 알아챘다.

그래서 대답할 가치를 느끼지 못했다.

지금은 그녀와 시시덕거리는 일보다 운명처럼 찾아온 힌트를 제 것으로 소화하는 일이 시급했다.

인경 역시 그의 대답을 바란 것이 아니었는지 곧 시선을 연단으로 돌렸다.

최우민 부국장의 보충 설명이 무거운 어조로 시작되고 있었다.

"…우리는 조국과 민족을 후이넘으로부터 지켜내기 위해 여러분이 보았던 그 기술을 반드시 배워야 합니다. 로마로 요원들을 파견하여 반델리오 신부의 가르침을 받게 할 생각입니다. 모두 다 갈 수 없으니 지원자 중 선별하여 파견하겠습니다. 지원하고 싶은 이들은 삼 일 이내에 소속 부서의 팀장에게 지원서를 제출하기 바랍니다."

대강당에서 열린 회의는 무거운 분위기 속에서 끝이 났다.

다들 떨리고 놀라운 마음을 안은 채 침통한 표정으로 대강당을 하나둘 나섰다.

이러한 자리는 비단 이곳 대한민국에만 있었던 게 아니었다.

세계 도처에서, 그리고 방송을 통해서 이 모든 일이 일반에도 널리 알려졌다.

가톨릭의 새로운 부흥의 장이 마련된 사건이 아닐 수 없었다.

제15장
살인 교사

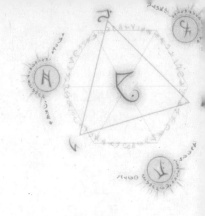

전 세계는 미지의 생물 후이넘의 등장 이후 적지 않은 충격을 받고 제 주위를 경계했다.

이제까지 당연시되었던 인류와 인류의 싸움이 아닌, 전혀 생소한 인류와 몬스터의 싸움으로 그 양상이 변하자 스킬러에 대한 반감의 정서는 급속도로 수면 아래로 가라앉았다.

세계적인 영웅으로, 유명인으로 급부상한 반델리오 신부는 선풍적인 인기를 끌었다.

일부에선 그에 대해 '예수의 재림이 아닐까?' 라는 얼토당토 않은 말까지 할 정도였다.

전 세계의 가톨릭이 일어나 스킬러들의 울타리가 되었고, 지지자가 되었다.

정부도 어쩌지 못했던 반스킬러 감정을 가톨릭이란 종교 단체가 나서서 원만하게 해결해 낸 것이다.

하지만 화합의 봄 햇살을 싫어하는 자들도 있었다.

"알겠습니다. 당분간 은신하고 있겠습니다."

굳은 얼굴로 한 남자가 전화를 끊는다.

이곳은 캐나다 북동부에 위치한 외진 농가. 전 세계를 강타한 잇단 강진으로 이곳의 원래 주인과 그 일가족은 목숨을 잃었다.

미처 날뛰던 소 떼에 일가족이 참변을 당한 것이다.

그 버려진 농가에 어느 날, 동양인 십여 명이 홀연히 등장하여 무단 점거를 했다.

이는 아무도 모른다.

"오빠, 뭐래?"

동양인 남자가 중요한 통화를 한다는 사실을 알고 자리를 비켜주었던 여자가 다시 안으로 들어와 물었다. 여자는 농가의 살림살이나 주변의 시골 환경과는 크게 동떨어진 옷차림의 도시적인 세련미로 무장하고 있었다.

그 특징이 굽이 높은 하이힐이다.

"당분간 상황을 지켜보라는군."

침중하게 대답한 자가 몸을 천천히 돌려 창을 등지고 섰다.

이자는 유오찬이었고 그를 향해 질문을 던진 여성은 박현숙이었다.

이들은 미연방 스킬러 통제 관리국 요원들의 급습을 피해 몇 군데로 옮겨 다니다 이곳까지 흘러들어 왔다.

"그들과 끝까지 갈 수 있을까?"

의심의 기운이 현숙의 표정과 목소리에 깃들어 있었다.

오찬은 단호한 표정으로 그녀의 의심을 일축해 버렸다.

그에게 그가 몸담은 조직은 신앙이다.

"의심은 분열을 촉진할 뿐이다. 그런 생각은 그만해라. 그보다 당분간 여기서 지내야 할지도 모르니까 정리 좀 해야겠다."

현숙의 기분을 고려하여 오찬의 말투는 곧 누그러졌다.

"알았어. 그런데 그 후이넘이라는 놈들 말이야. 그것들이 정말 인류의 적이라면… 우리의 행위는 인류의 전력을 깎아먹는 짓이지 않아?"

팔은 안으로 굽는다는 이치를 몸소 보여주는 현숙이다.

내색은 하지 않았으나 오찬 역시 후이넘의 출현 이후 그 머릿속이 몹시 복잡한 상태였다.

아니, 모든 인류가 현재 그러한 상태다.

"이를 고려했기에 상부에서도 모든 작전을 중단시켰겠지. 그리고 조만간 우리도 반델리오 신부가 사용했던 미켈레의 검을 배워야 할 거야. 상부에서 알아봐 준다고 했으니까."

"각국 정부에서 파견한 스킬러들에게만 우선으로 가르침을 베푼다고 하지 않았어? 뭐, 우리야 빨리 배우면 좋긴 하지. 그나저나 국가와 맞먹을 정도의 입김이라… 역시 대단한 조직이야."

현숙의 목소리는 완전히 예전의 그 잔잔한 톤을 되찾았다.

"어쨌든 여기서 당분간 지낼 테니까 불편하더라도 참아. 전원생활이 지친 심신을 치료하는 데 특효약이라고들 하잖아."

"알았어. 참, 현성이란 그 녀석은 어떻게 할 거야? 그 녀석 건도 유보인 거야?"

오찬의 표정이 싸늘하게 굳는다.

"그 일은 조직과 별개로 내가 따로 조치할 생각이다. 그러니 내게 맡겨둬. 이 일로 동료들이 나나 상부에 대한 불만을 품지 않도록 네가 잘 다독여 줬음 싶다. 친화력은 네가 나보다 좋잖아. 부탁하마."

"따로? 어떻게 할 건데?"

오찬은 현숙의 궁금증을 풀어줄 생각이 없는지 입을 꾹 닫았다.

그의 성격을 잘 알기에 현숙은 더 이상 캐묻지 않았다.

*　　　*　　　*

로마행 티켓을 향한 특수국 요원들의 빗발치는 지원이 뜨겁게 이어진다.

이는 현재보다 더욱 강해지고 싶다는 마음의 발원이다.

하지만 이 중 단 한 명, 현성만은 이러한 분위기에 휩쓸리지 않았다.

그리고 인경과 짝을 이루어 업무를 보던 현성은 박상철 조장이 쾌차하여 돌아오면서 다시 싱글(?)이 되었다.

얼마 후, 남녀는 나란히 로마행 티켓을 쥐고 한국을 떠났다.

이 때문에 현성이 근무하는 부서로 신입 직원이 새로 들어
왔다.

놀랍게도 신입 직원은…

"반갑습니다. 신입 요원 차민연입니다."

바로 영화배우 차민연이었다.

박찬숙 행정 요원과 함께 들어선 차민연은 단연 뭇 사람들
의 관심을 한 몸에 받았다.

이런 일에 익숙한 그녀답게 차민연은 흔들림이 없었다.

생글생글 웃는 그녀의 표정에서는 깊은 여유와 굳건한 자신
감이 넘쳐 흐르고 있었다.

연예계를 은퇴한 뒤 한동안 종적을 감추었던 차민연의 돌연
한 등장은 조만간 특수국의 파란이 될 게 분명했다.

세상이 이 모양이 되었어도 연예인을 향한 대중의 관심은
여전했다.

"와아, 아름답습니다, 차민연 씨!"

"앞으로 잘 부탁드립니다, 차민연 씨!"

특수국의 요원이란 타이틀을 갖고 있으나 그들도 남자다.

남자가 아름다운 여성에게 환호하는 것은 당연한 일이다.

하지만 그러한 남자들 중 하나인 현성은 다른 이들과 달리
고요한 수면처럼 흔들림이 없었다.

이는 어린 시절부터 몸에 밴 습관이 고착된 분위기인 동시

에 돌아가신 외조부로부터의 가르침이 있었기 때문이었다.

그는 육신을 완성하여 정(精)을 만들었고 이제 기(氣)로 나가는 첫발을 얼마 전에 뗀 참이었다.

인경과 함께 처했던 절체절명의 지하 공동에서.

차민연의 아름다운 얼굴과 힘찬 워킹, 그리고 쭉쭉 뻗은 늘씬한 팔다리와 잘록한 개미허리는 남자들을 열광시키기에 충분했다.

그러한 그녀가 뭇 남자들의 시선을 단숨에 잘라 버리더니 애교란 날개를 활짝 펴며 한 남자에게로 날듯이 다가간다.

"현성 씨, 오랜만이에요. 아니지. 이젠 선배라고 해야겠죠. 잘 부탁드립니다, 선배님."

민연은 현성의 두 눈을 들여다보며 눈이 부시도록 환한 웃음을 지었다.

그녀의 웃음이 어찌나 신선하고 아름다운지 온 사무실이 계절을 잊고 화사해진다.

시기 질투를 느끼는 무수리급 여인네들의 눈초리에서 불이 뿜어졌으나 어쩌겠는가. 태생이 다른 것을.

"놀랍군요."

"에게게, 고작 반응이 '놀랍군요' 이게 전부예요?"

차민연은 도도하고 차갑지만 그래도 개념이 잡힌 여자였다.

그런 그녀가 지금 연하의 남자에게 애교를 부리고 있었다.

남자의 입장에서 이보다 더 황홀하고 멋진 일이 또 어디 있을까… 마는.

"저기 저 자리가 아마 차민연 씨의 자리일 겁니다."

현성이 턱짓으로 그녀가 앞으로 생활하게 될 둥지를 가리켰다.

그의 무심한 태도에도 불구하고 차민연은 전혀 싫어하는 눈치가 아니었다.

오히려 이를 반갑게 여겼다.

누구나 일탈을 꿈꾼다.

차민연에게 그 일탈이란 대중의 무관심이었다.

이해되지 않겠지만.

"맞은편이네요. 앞으로 매일 얼굴 볼 수 있겠네요, 선우 선배님."

아름다운 자태를 뽐내며 민연은 자신의 책상으로 빙 돌아갔다.

행정 요원 박찬숙이 현성의 곁으로 와선 귓속말로 말했다.

"앞으로 차민연 요원과 현성 씨가 한 조로 활동하게 될 거야. 그러니까 친하게 지내라고. 알았지?"

"부담스럽지만… 그러죠. 지시라면."

"칫, 무뚝뚝하긴. 저 남자들 봐봐. 다들 그녀와 한 조가 못 되서 아쉬워하는 거 안 보여?"

유리창의 무늬라도 되겠다는 기세로 다닥다닥 붙어 있는 뭇 남자들의 얼굴이 현성의 시야에 잡힌다.

훈련받은 요원들도 저러한데 일반인은 어찌 나올까? 벌써부터 머리가 지끈거리는 현성이다.

현성의 맞은편에 앉은 차민연이 그를 향해 생글 웃으며 말했다.

"점심 같이해요."

"…그러죠."

"저도 자장면을 좋아해요. 제가 잘 아는 중국집이 있어요. 여기서 멀지 않아요. 괜찮죠?"

현성에 대해 나름 조사한 것일까? 아니면, 예전에 그가 했던 말을 기억한 것일까? 민연은 현성이 거절하기 힘든 그 식성을 겨냥하여 저격에 성공했다.

"그럽시다."

*   *   *

세상이 파괴되고 물가가 고공 행진을 하더라도 사람은 먹어야 산다.

대부분의 사람들은 자신의 허리띠를 졸라매며 이 힘든 시기를 악착같이 버티고 있었지만 그래도 일부에는 여전히 풍요와 여유를 누리는 무리가 있게 마련이다.

차민연이 현성을 데려간 곳은 고급 중화요리 식당이었다.

이곳도 강진의 타격을 입긴 했지만 그 흔적은 꼼꼼하게 살피지 않고서는 쉽게 찾아볼 수 없었다.

식당은 만원이었다.

하지만 차민연이 미리 예약을 해놓았기에 두 사람은 안쪽

별채에 자리를 잡을 수 있었다.

넓은 공간에 테이블은 고작 하나.

종업원이 가져온 메뉴판을 본 현성은 내심 눈살을 찌푸렸다.

'자장면 가격이… 오만 원?'

곱빼기도 아닌 보통이다.

그리고 군만두 가격은 무려 3만 5천 원이다.

자장면과 군만두 먹자고 한 번에 8만 5천 원의 지출이라니. 서민들이 이를 봤다면 기가 막혀서 혀를 내두르지 않을까 싶다.

현재 시중에 유통되고 있는 쌀 10킬로그램의 소비자 가격은 물가 폭등으로 인해 8만 원에 달하고 있는 실정이다.

그를 감안하면 이 한 끼의 식사는 한 가정의 일주일 식량이다.

더욱이 이 자본주의 사회에서는 듣도 보도 못한 식품 배급표란 것이 나와 사람들의 비난을 사고 있었다.

"제가 어떻게 요원이 됐는지, 그리고 왜 그런 결심을 했는지 묻지 않나요?"

두 손등에 턱을 괸 민연이 현성을 빤히 보며 묻는다.

차민연에 대해 조금이라도 아는 사람들이라면 지금의 그녀를 보고 기함할 것이다.

"묻길 바랍니까?"

"호호. 여전하네요, 현성 씨는. 그게 현성 씨의 매력이지만."

"내게 관심 있습니까?"

현성이 돌직구를 날린다.

보통 이런 경우 상대는 당황하거나 변명을 하게 된다.

하지만 당돌한 차민연은 그의 돌직구를 노련한 포수처럼 거뜬히 받아낸다.

"그렇다면요?"

"전 연예인 안 좋아합니다."

"저 이제 연예인 아닌데요."

"그래도 사람들의 관심은 여전히 차민연 씨에게 있죠."

"그건 현성 씨도 만만치 않잖아요. 오히려 저보다 더 폭넓은 층에서 관심을 받잖아요."

여배우를 구한 압구정 영웅, 백 명의 목숨을 구한 결투의 사나이! 이것이 현성을 따라다니는 타이틀이다.

대중은 현성에 대해서 궁금하게 여겼다.

그리고 그 궁금증을 풀기 위해 기자들이 수시로 그를 괴롭혔다.

그나마 자연 재앙과 괴 생명체의 출현으로 잠시 주춤하고 있었지만.

"솔직히 난 이해가 가지 않습니다. 나와 민연 씨를 한 조로 묶어둔 상부의 결정이 말입니다."

"전직 여배우 차민연과 영웅의 만남이 언론과 대중에게 뜨거운 조명을 받을까 봐요?"

"그렇습니다. 난 대중의 오락거리가 되고 싶은 마음이 없습니다. 위안거리도 되기 싫습니다. 조용히 내 삶을 살길 바랄 뿐입니다. 그래서 민연 씨는 제게 부담스런 존재입니다."

현성의 냉정한 목소리에 민연의 마음이 베였나 보다.

아픔이, 외로움이 느껴지는 여인의 흐느낌 같은 목소리가 민연의 매력적인 입술 사이로 흘러나온다.

"대중은 무서운 존재예요. 그들의 마음은 불길 같죠. 그 뜨거움이 언제 날 집어삼켜 태워 버릴지 알 수 없죠. 연예인이란 이름으로 살아가는 사람들이라면 누구나 이러한 불안감에 시달려요. 저도 한때는 그랬어요. 그런 자리를 벗어던지고 나왔지만 제가 배우 차민연이란 사실은 어쩜 영원히 변하지 않겠죠. 그리고 현성 씨가 대중의 영웅이 된 그 사건들도 사라지는 게 아니에요. 엎질러진 물이라고 생각하세요. 그러니 쏟아진 그 물이 마를 때까지 기다려야죠. 대중의 변덕은 양은 냄비 같으니까요."

식사가 나왔기에 두 사람은 더 이상 대화를 이어나가지 않았다.

보기 좋은 자장면과 군만두가 테이블에 차려졌다.

먹지도 못할 장식을 왜 음식 위에 꽂아둔 것일까? 현성은 주방장의 예술성에 잠시 눈살을 찌푸리며 가차 없이 이를 제거했다.

자고로 자장면은 흡입하듯 먹는 게 제맛.

하지만 이 식당은 자장면의 그 맛을 살리기에는 너무 고급스럽다.

'불편하군.'

식사를 하면서 민연은 좀 전의 무거운 분위기를 쇄신했다.

누가 여배우 아니랄까 봐 급변하는 모습이 놀랍다.

현성은 묵묵히 자장면만 먹었고 민연은 밝고 명랑하게 가라앉은 분위기를 쇄신하고 이끌었다.

불편했던 현성의 마음은 그녀의 노력으로 조금씩이나마 식사 중간에 풀렸다.

탁.

식사를 끝낸 두 사람에게 디저트가 제공됐다.

차민연이 전직 배우라 특별하게 여겨 내준 것이 아니라 식대에 포함된 것이다.

"조금 있음 새해네요. 이전 같은 들뜬 분위기는 아니지만. 참, 현성 씨는 신년 연휴에 뭘 할 건가요?"

스킬러 카드 이전의 현성에게 어제와 오늘, 계절과 년도의 변화는 별 감흥을 주지 못했다.

하지만 스킬러 카드의 등장 이후 그의 삶은 크게 바뀌어 있었다.

신년 연휴라.

현성은 이 말을 입안에서 굴렸다.

예전의 그는 신년이라 해도 관계없이 보통의 날들처럼 보냈다.

하지만 올해의 신년은 예년과 달리 현성에게도 특별했다.

아연과 희연을 식구로 맞이한 후 처음으로 맞이하는 신년이기 때문이다.

민연은 현성의 얼굴에서 처음으로 인간적인 부드러운 표정을 보았다.

"애인 생각해요? 얼굴이 딱 그 표정이네."

민연의 목소리엔 잠시 섭섭함이, 아쉬움이 느껴진다.

하지만 그 표정에 포기하고 주저앉는 자의 나약한 느낌은 없다.

"다 먹었으니 일어나죠."

먼저 자리에서 일어난 현성은 계산서를 집어 들었다.

민연이 식사에 초대한 건 자신이니 자신이 계산하겠다고 했지만 이를 듣고 순순히 넘겨줄 현성이 아니었다.

"그럼 차는 제가 사죠?"

걸음을 멈춘 현성이 민연을 힐끗 쳐다보다 곧 무심한 표정으로 고개를 돌려 버렸다.

*　　　*　　　*

"예, 수사 5팀, 행정 요원 박찬숙입니다."

식사를 마치고 사무실로 돌아온 요원 박찬숙은 전화통이 불이 나듯 울리자 급히 달려가 가쁜 숨을 꾹 누르고 전화를 받았다.

"여기, 현관입니다. 검찰에서 선우현성 요원을 찾아왔습니다."

"검찰에서요?"

"예, 바꿔달라 하는데 바꿀까요?"

정문 경비원의 말에 박찬숙은 고개를 갸웃거리다 곧 승낙했다.

전화통을 붙잡고 있는 시간이 길어질수록 박찬숙 요원이 눈에 띄게 경직되어 가고 있었다.

"…연행이라고요!"

그리고 터져 나온 비명 같은 목소리.

살인 교사!

검찰에서 나온 자들은 현성에게 이러한 죄명을 붙였다.

이 사실을 전혀 모르던 현성은 막 로비로 들어서고 있었다. 차민연과 함께.

현성은 자신의 정면을 막아서는 남자를 보게 되었다.

곧 그의 주변이 이 남자와 그의 동료들에게 둘러싸였다.

사람들의 시선이 일제히 이들을 향해 쏟아진다.

"무슨 일이죠?"

차민연이 현성의 정면에 선 남자를 쏘아보며 그 목소리에 불쾌감을 담아냈다.

남자는 곧 자신의 신분증을 그녀에게 보여주었다.

"검찰? 검찰이 왜 현성 씨의 앞길을 막죠?"

"그건 말해줄 수 없습니다. 선우현성 씨, 검찰로 같이 가주셔야겠습니다."

어리둥절한 마음을 추스른 현성이 입을 열었다.

당혹감이나 불쾌감은 그의 목소리에 전혀 담겨 있지 않았다.

너무 담담하여 이 일을 미리 예측하고 대비한 듯한 태도였다.

"무슨 일입니까? 당사자인 나에게도 말해줄 수 없다면 난 동행을 거절하겠소."

상대가 상대이니만큼 현성의 연행에 검찰은 노련하고 신중한 형사들을 선별하여 동원했다.

하지만 다들 '그가 도주하면 잡을 수 있을까?'라는 불안감을 내심 갖고 있었다.

다들 노련한 형사라고는 하나 그들이 상대하는 이는 공간이동의 스킬러다.

마침 현성의 훈련소 시절 룸메이트인 유승진이 제 부서 직원들과 점심을 먹고 오다가 이 상황을 보고 한달음에 달려왔다.

검찰에서 나온 형사들 주변은 어느새 특수국 요원들이 포위하는 형국이 되었다.

분위기는 삽시간에 흉흉하게 변했다.

사자 무리에 던져진 토끼의 심정이랄까? 형사들의 표정은 약속이라도 한 듯 다들 딱딱하게 굳어 풀릴 기미가 없다.

"법원에서 발부한 정식 영장이오."

남자의 말에 주변에서 낮은 침음이 흘러나온다.

현성을 도와 형사들에게 맞서려던 유승진 역시 합법적인 절

차라는 형사의 말에는 한발 물러서지 않을 수 없었다.

"대체 선우 요원을 잡아가겠다는 이유가 뭐요?"

영장까지 발부되었다면 필시 중대한 일일 것이다.

더욱이 현성의 현 위치를 생각할 때 검찰도 이 일을 신중하게 검토했을 터. 그러함에도 불구하고 형사들이 특수국에 떼거리로 쳐들어온 것으로 보아 예사 사건이 아닐 듯했다.

모두가 이러한 생각을 하며 현성을 쳐다보았다.

'대체 무슨 짓을 저질렀기에 형사들이 왔느냐!' 라는 노골적인 질문이 사람들의 눈마다 담겨 있었다.

"그건 말해줄 수 없소. 개인의 사생활 영역이오."

현성은 남자가 보여준 영장을 힐끔 본 뒤 결정을 내렸다.

무슨 일인지는 모르나 영장까지 발부받고 온 형사들을 힘으로 물리칠 수는 없는 노릇이다.

"가겠소."

하늘을 향해 한 점 부끄러움이 없었기에 현성은 당당했다.

그가 순순히 응하자 형사들의 표정에 안도감이 들어앉는다.

곧 현성은 형사들에 의해 봉고차에 태워졌다.

차민연은 즉시 현성이 연행된 이유를 알기 위해 움직였다.

어느 조직이든 제 식구 감싸기는 있는 법.

국정원 특수국의 경우 특별한 자들이 모여 있는 곳이다 보니 이러한 성향이 더욱 뚜렷하고 강했다.

검찰로 연행되어 온 현성은 그제야 자신의 죄목을 듣게 됐다.

살인 교사죄!

검사가 밝힌 피해자는 김원술이란 사십 대 중반의 남자였다.

현성은 김원술이란 이름이 귀에 익었다.

곧 그 남자가 누구인지 현성은 기억해 냈다.

폭력 조직에 청부하여 자신을 불러내 린치를 가하려 했던 자였다.

하지만 놈은 현성에게 무릎을 꿇은 문수파에 의해 되레 제거되는 처지가 되었다.

파노라마처럼 펼쳐지는 그때의 사건. 현성은 그 일이 지금에 와서 자신의 발목을 잡게 될 줄은 꿈에도 생각하지 못했다.

"김원술에 대한 살인 교사 혐의지. 발뺌할 생각은 하지 않는 게 좋을 거야. 증인들이 수두룩하니까."

검사 노기찬이 눈에 힘을 주며 현성의 죄목을 압박하듯 말해왔다.

현성의 입장에선 참으로 답답하고 억울한 노릇이었다.

살인 교사는 반대로 김원술이 했지 그가 한 게 아니다.

하지만 상황은 그 반대로 재앙처럼 눈앞에 펼쳐져 있었다.

"검사님이 말한 증인들은 누굽니까?"

현성은 예의 그 무심한 표정으로 노기찬 검사를 응시하며 물었다.

그의 태도에 검사는 언짢은 듯 그를 쏘아보았다.

노기찬 검사는 현성이 자신의 직위와 배경을 믿고 검찰을 우습게 본다고 느꼈다.

그렇지 않고서야 모든 증거가 명백한 이 상황에 저리 당당할 수는 없었다.

국정원의 특수국은 이전까지 검찰이 담당했던 분야를 크게 베어 물었다.

물론 특수한 인간 스킬러에 관한 범죄 수사와 체포 부분이었지만 검찰 입장에선 제 밥그릇을 빼앗긴 것이었다.

특수국의 신설을 검찰로 해야 한다고 강력하게 주장했던 검찰 입장에선 대외의 주목을 받고 있는 유명 스킬러인 현성의 체포는 제 조직의 위상과 위엄을 높이는 데 반드시 큰 도움이 되리라고 판단하고 있었다.

이 때문에 검찰총장까지 이번 일에 깊은 관심을 보였다.

이렇다 보니 현성이 죄를 짓지 않았더라도 어떻게 해서든 엮을 필요성이 노기찬 검사에게는 있었다.

검사의 목청이 쩌렁쩌렁해진다.

"네가 청부했던 문수파 깡패 새끼들이다. 대질을 원한다면 얼마든지 해주지. 그리고 선우현성, 이 시간부로 널 긴급 체포한다."

자리를 박차고 일어선 노기찬 검사가 선언하더니 미란다 원칙을 마치 보험사의 텔레마케터처럼 빠르게 읊었다.

대기하고 있던 형사들이 몰려와 그의 손목에 수갑을 채웠다.

이들 모두를 때려눕힐 자신이 있었지만 현성은 그러지 않았다.

일단 사태의 흐름을 지켜보기로 했다.

그의 손에 수갑이 채워지자 노기찬 검사의 입가에 승리자의 웃음이 매달렸다.

"너의 인생과 세상에 오늘 일은 굉장히 핫 한 사건이 될 거야."

의기양양한 젊은 검사의 목소리만이 취조실을 가득 메운다.

        *   *   *

현성의 체포는 온 세상이 큰 몸살을 앓고 있음에도 언론의 주목을 받았다.

서울 중앙지방검찰청으로 취재 차량이 속속 모여들어 그곳은 금세 북새통이 되었다.

특수국은 급히 변호인단을 구성하여 현성의 변호에 나서는 한편 은밀히 사건 내막 조사에 착수했다.

스킬러가 저지른 범죄는 국정원 특수국의 소관이다.

하지만 그 스킬러가 제 식구다 보니 검찰에 현성의 사건을 이첩하라는 말을 할 수가 없었다.

연이은 자연 재앙과 괴물의 출현으로 반스킬러 감정이 잠잠한 요즘, 현성의 사건은 커다란 화마를 불러올 불씨의 소지가 다분했다.

"괜찮아요?"

현성이 구금된 유치장으로 차민연과 유승진이 찾아왔다.

민연은 개인의 자격으로 왔고 유승진은 부국장의 특별 지시를 받고 왔다.

최근 잇따른 재앙으로 인해 반스킬러 극렬주의자들의 반응도 잠시 소강상태에 접어든 상황이다.

하지만 이 사건으로 다시 그들이 기세등등하게 나올 수가 있었다.

"보시다시피."

"걱정 말아요. 모두가 현성 씨를 위해 노력하고 있으니 반드시 무죄가 증명될 거예요."

민연은 현성의 죄명을 믿지 않았다.

오해에서 비롯된 일이라 그녀는 굳게 믿었다.

살인 청부와 같은 끔찍하고 비열한 범죄를 저지르기엔, 눈앞의 이 남자는 때 묻지 않은 영혼의 소유자였다.

무심함과 무뚝뚝함에 가려진 그의 이면을 알아보았기에 현성에 대한 그녀의 믿음은 금강석과 비견 될 정도였다.

현성의 시선이 민연에게서 승진에게로 이동해 고정되었다.

그제야 승진은 이곳에 찾아온 용건으로 들어갈 수 있었다.

"고생 많지? 정말이지 너에게 붙여진 죄명이 참 황당하더군."

승진 역시 현성이 그러한 범죄를 저지를 인물이 아니라는 굳은 확신을 갖고 있었다.

눈앞의 이 남자는 제 손으로 일을 벌이면 벌였지 결코 타인의 손을 빌릴 위인이 아니기 때문이다.

"고맙습니다."

현성은 자신을 믿어준 승진에게 간단히 인사했다.

"하지만 나와 민연 씨만 믿어준다고 이 일이 좋게 끝나지는 않을 거야. 일부 언론에서는 이번 사건에 대해 김원술의 재산을 노린 너와 문수파의 악랄한 공모라고 보도하고 있어. 언론인의 자격이 없는 자들이 기자랍시고 거들먹거리는 꼴이라니. 뭐, 다 그런 건 아니지만 일부 몰지각한 미꾸라지 같은 놈들이 문제지."

언론은 사건을 보도하기에 앞서 정확성, 객관성, 공정성을 지켜야 한다.

보도 내용은 진실이어야 하고, 언론인의 편견이나 선입견의 개입을 배제해야 하며, 보도할 때에는 공정하게 균형을 유지해야 한다.

하지만 이번 현성의 사건은 이러한 언론 보도의 원칙이 깨어진 채 추측, 편파, 왜곡이란 대한민국 언론인들의 고질적인 병이 역시나 발작처럼 개입했다.

일부 언론사는 방금 유승진이 말했던 것과 같이 사실로 입증되지도 않은 내용을 연일 경쟁적으로 보도했다.

이 보도가 오보라면 정정 기사 한 줄 내면 그만이다 보니 일단 지르고 보는 언론사의 행태였다.

"황당하군요."

"나도 그리 생각해. 나중에 이를 보도한 언론사에 명예훼손죄로 제대로 한 방 먹일 생각이다. 회사에서도 단단히 벼르고 있지. 현성아."

"예."

"아연이란 여자애는 어디 있는 거냐? 학교에도 안 나오고 네 집에도 없고."

현성은 승진이 아연을 거론하자 기분이 이상했다.

"그 아이에 대해서는 왜 묻는 것입니까?"

'이상배와 그 일당이 아연과 희연 자매를 노릴 수 있어 그녀들을 안전한 곳으로 대피시켰다! 라는 말을 현성은 할 생각이 없었고, 그녀들이 현재 머물고 있는 곳을 말해줄 의향 역시 눈곱만큼도 없었다.

상대가 자신에게 우호적이든 그렇지 않든 상관없이.

한번 고집을 세우면 절대 무너뜨리는 법이 없는 현성이다.

"저… 저, 그게 말이다."

현성은 승진의 머뭇거리는 태도에서 더욱더 이상함을 느꼈다.

그러고 보니 아연의 이름을 승진이 언급하는 순간 민연의 표정이 눈에 띄게 변하기도 했다.

전직 여배우치곤 그 감정이 얼굴에 너무 진솔하게 묻어 나오는 차민연이다.

그 누구의 진입도 허용하지 않는 두꺼운 콘크리트 벽과 단단한 쇠창살, 그리고 24시간 유치장을 감시하는 카메라와 감시자가 현성 하나에 집중하고 있었다.

이러한 **빡빡한** 조건하에서도 현성이 이곳을 나가고자 마음먹는다면 누구도 그의 행보를 막을 수 없다.

그럼에도 검찰이 이 같은 철통 감시 체제를 구축한 데에는 그들만의 숨은 계략이 깔려 있었다.

검찰은 형벌권의 실현 과정에서 재판 작용을 제외한 모든 걸 선점한 강력한 권력기관이다.

그런데 스킬러의 등장 이후 그들의 견고했던 아성이 일부 훼손당하고 무너져 버렸다.

스킬러에 국한되긴 했지만 특수국이 검찰의 형벌권을 일부 행사했기 때문이다.

특수한 상황을 고려하면 그럴 수도 있는 일이다.

하지만 일반인의 범죄와 달리 스킬러가 일으킨 범죄가 유독 언론에 자주 부각되다 보니 검찰의 무용론이 일부에서 농담처럼 제기되고 있었다.

이처럼 두 권력기관의 복잡한 대립 관계는 현성의 사건을 계기로 다시 수면에 떠올라 힘겨루기를 하게 되었다.

검찰은 어떻게 해서든 현성의 범죄 사실을 증명하기 위해 필사적으로 매달렸고, 특수국은 자신들의 입지를 위해 현성의 무죄 증명에 필사적일 수밖에 없었다.

"흥분하지 말고 잘 들어. 아연 양의 통장에 상당한 액수의 돈이 입금된 것이 검찰 수사 중에 밝혀졌어. 그리고 그 돈의 출처는 문수파였어. 검찰 측 증인인 문수파의 두목 박문수가 이를 진술했어."

현성은 예상한 것과 달리 상황이 자신에게 부쩍 불리한 쪽으로만 기울어가고 있음을 알 수 있었다.

순간 크게 일렁이던 제 마음을 순식간에 제압하고 평정을 찾은 현성이 무덤덤한 목소리로 말했다.

"그녀들의 행방에 대해 전 한마디도 하지 않을 겁니다. 이 사실은 누가 찾아와 물어도 마찬가집니다."

"그놈의 똥고집은… 휴우, 오해 말고 들어줬으면 좋겠다. 현성아, 검찰에선 네가 '범죄 사실을 숨기기 위해 아연 양을 죽여 암매장하지 않았을까?'라는 추측도 하고 있어. 그리고 일부 언론… 이 일부 언론이란 개새끼들이 문제지. 아무튼 기자란 놈들이 싸지른 흥미 위주의 보도가 너와 아연, 희연 자매를 부정한 내연 관계로 몰아가며 여론에 기름을 붓고 있어."

저 두껍고 단단한 콘크리트 벽 너머 세상에선 현성을 겨냥한 온갖 더러운 추측이 난무한다.

승진이 언급한 것은 그중 일부일 뿐으로, 그나마 현성의 심정을 고려하여 걸러낸 것이다.

검찰은 현성의 집을 수색하다 발견한 다량의 식량과 생필품을 고의적으로 언론에 흘렸다.

이 보도가 나가자 제 살기에 급급해 이 사건에 전혀 관심이 없던 사람들까지 이 일로 흥분하게 되었다.

파렴치한 인간이란 억울한 욕까지 듣게 된 것이다.

현성에게 불리한 여론은 이처럼 나날이 그 몸집을 불리며 수많은 억측을 양산하고 있었다.

또 어떤 꼬리표가 붙을지 이제는 짐작조차 하기 힘든 실정이었다.

이러다간 그의 무죄를 증명하기 위해 움직이던 특수국도 여론의 등쌀에 떠밀려 그를 포기할지도 모른다.

조직이란… 냉정하기에.

"아연이 제 무죄를 증명하는 데 도움이 되더라도 전 거부합니다."

현성은 제 손에 제거된 이상배의 패거리를 우려하고 있었다.

물론 그들이 아연과 희연에게 직접 손을 쓸지는 미지수고, 그 확률이 현저히 낮더라도 현성은 제 안위를 위해 자매를 위험한 현실로 끌어들이고 싶지 않았다.

이러한 그의 결심은 확고부동했다.

"그 고집이 모두를 불행하게 만들 수 있어. 여기 있어서 잘 모르나 본데, 밖의 상황은 네가 예상하는 것보다 훨씬 심각하다. 이런 상황에서 아연 양은 네 사건에 반전의 발판이 될 수 있어."

"그래도 안 되는 건 안 됩니다."

"너, 설마 언제든 탈출할 수 있다는 생각에서 지금 이러는 거냐?"

조금 시간을 둔 후 현성이 예의 그 무뚝뚝한 목소리로 대답했다.

"고려하고는 있습니다."

"그럼 넌 영원히 범죄자로 낙인찍히고 말아. 절대 그와 같은

상황을 만들어서는 안 돼. 너의 그 생각은 최악이다. 알아?'

현성의 태도에 답답함을 느낀 승진이 목소리를 크게 높였다.

민연 역시 현성의 생각에는 찬성할 수 없었던지 그 얼굴에 약간 화난 표정을 지었다.

현성은 눈앞의 남녀를 바라보며 여전히 흔들림이라곤 찾아볼 수 없는 무심하기 그지없는 태도로 말했다.

"나도 나의 생각이 대한민국에 등을 돌리는 것임을 알고 있습니다. 하지만 나를 몰아붙이는 것은 조국을 등에 업은 자들입니다. 난 나의 적에게 자비롭지 않습니다. 설령 그것이 대한민국… 이라 할지라도 마찬가집니다."

마지막 말엔 현성의 반감이 실려 있었다.

사람들은 늘 그렇다.

찌르고, 베고, 후비고, 욕한 뒤, 그게 아니면 사과 몇 마디로 끝내 버린다.

이런 비이성적이고 비양심적인 공동체에 과연 충성할 필요가 있을까? 목을 맬 이유가 있을까? 현성은 무정부주의자는 아니지만 그렇다고 조국애가 넘치는 인물도 아니다.

그에게 있어서 조국인 대한민국은 커다란 장터와 같은 곳에 불과했다.

충효 사상은 구시대의 유물로 전락한 지 오래다.

그에 대해서는 여기 민연과 승진 역시 마찬가지였다.

그러나 아무리 그렇더라도 현성의 태도는 잘못됐다.

두 남녀는 그렇게 생각했고 한편으론 그가 나쁜 선택을 할까 봐 우려하며 그를 달랬다.

민연이 말한다.

"현성 씨, 사회가 늘 정당하진 않아요. 늘 도덕적이지도 않죠. 그건 개인도 마찬가지예요. 하지만 그러한 사회가 싫다고 등을 돌려 버리는 건 전 찬성할 수 없어요. 좋은 부모든 나쁜 부모든 부모는 부모예요. 그리고 우리를 믿어주세요. 현성 씨의 무죄를 믿는 사람들의 마음을 알아주세요. 현성 씨가 무엇을 걱정하는지 모르겠어요. 당신은 중요한 순간에 매번 입을 꾹 닫아버리니까요. 하지만 이것만은 알아줬음 해요. 당신에게도 당신의 편이 있다는 것을 말이에요."

열변을 토한 민연의 얼굴은 노을처럼 상기되어 있었다.

몇 번의 심호흡으로 그녀는 격앙된 제 감정을 추슬렀다.

민연이 자신을 대신하여 원하는 말을 했기에 승진은 말없이 현성을 보았다.

두 쌍의 시선이 현성에게 고정되어 그의 말을 기다리고 있었다.

"그래도 제 생각에는 변함이 없습니다."

"그 똥고집도 상황을 봐서 꺾어야 하잖아!"

승진이 다시 벌컥 화를 내며 자리에서 일어서더니 탁자를 쾅 내려친다.

현성의 태도는 민연의 기준에선 삐뚤어지고 잘못되어 보였다.

그렇다면 방법을 달리해야 한다.

'미안해요, 현성 씨. 하지만 이건 당신을 위해서예요.'

차민연은 현혹의 스킬러. 그녀의 두 눈 깊은 곳에서 신비로운 푸른빛이 일렁인다.

이 빛은 보이지 않는 화살이 되어 현성을 저격했다.

"현성 씨, 대답해요. 아연이는 어디 있죠?"

항거할 수 없는 존엄한 명령이 마치 벼락처럼 현성을 때려 그를 무력하게 만들었다.

이 순간 오직 진실만을 말하기 위해 존재하는 자처럼 그녀의 질문 앞에서 현성은 모든 걸 술술 불고 싶은 간절함을 느꼈다.

그리고 그 입술이 움직이려던 그 순간 갑자기 현성의 내부에서 뜨거운 불길이 확 치밀어 올랐다.

그 불길은 현성을 지배하던 보이지 않는 사슬을 순식간에 녹여 버리더니 사나운 반격을 가했다.

"커헉!"

차민연이 날카로운 비명을 지르며 의자와 함께 뒤로 자빠졌다.

넘어진 충격 때문인지, 아니면 다른 어떤 것에 의해서인지 쓰러진 민연은 정신을 차리지 못한 채 몹시 고통스러워했다.

그마저도 곧 의식과 함께 꺼져 버렸다.

"민연 씨!"

화들짝 놀란 승진이 민연을 살핀 뒤 현성을 향해 빠르게 고개를 돌렸다.

민연이 받은 충격에 비할 바는 아니지만 현성 역시 꽤나 큰 충격을 받았다.

그 증거로 그는 연신 거친 숨을 힘겹게 토해내고 있었다.

몇 번의 힘든 호흡을 통해 현성은 겨우 본래의 정신으로 돌아왔다.

좀 전 현성의 두 눈에는 그의 의지와 상관없는 거대한 분노가 표출됐었다.

하지만 지금은 그의 그 어디에서도 강대했던 그 분노의 흔적은 보이지 않았다.

"혀, 현성아! 너… 너, 민연 씨에게 무슨 짓을 한 거야!"

민연의 설득에 현성이 반발하여 모종의 수법으로 그녀를 공격한 게 아니고서야 멀쩡한 민연이 쓰러질 리 없다.

이 상황에서 그를 의심하는 건 당연하다.

그러나 보니 승진의 내노에는 현성에 대한 의심이 가늑했다.

비난에 맞서는 현성의 태도는 늘 그렇듯 침묵이었다.

방금 전의 일은 그 자신도 어찌 된 일인지 원인을 알지 못했기 때문이다.

대체 방금 무슨 일이 일어났던 것일까? 그에 대해선 이 자리의 그 누구보다 현성의 의문이 가장 컸다.

민연은 아직 정신을 차리지 못했다.

승진은 다급히 직원을 불러 119에 연락을 취했다.

소동은 거센 폭풍처럼 지나갔다.

다시 유치장으로 돌아온 현성은 딱딱하게 굳은 얼굴로 민연을 공격했던 내부의 제힘에 대해 파헤쳐 보았다.

별 무소득이다.

질문지도 없는데 답을 어찌 적어 내겠는가.

*　　　*　　　*

화장실 들어갈 때와 나올 때의 마음이 같은 사람은 좀처럼 보기 힘들다.

압박을 받으면 이를 어떤 식으로든 풀려는 습성은 인간이나 동물이나 다를 바 없다.

대지진의 여파로 세계경제는 반파된 상태다.

지진의 여파로 가장 큰 피해를 당한 곳은 유정이다.

지하의 유층으로부터 원유를 퍼 올리기 위하여 파낸 이 구덩이, 그리고 이곳에서 원유를 뽑아 올리는 데 쓰이는 유정관은 잇따른 지진으로 인해 주춧돌부터 다시 세워야 할 상황이었다.

각국에 원유 비축분이 있으니 유정이 복구될 때까지는 힘들더라도 버틸 수 있을 것이라 예상했지만 그것은 오산이었다.

지진이 유정과 유정관만 공격한 것이라면 그럴 수 있겠지만 이번의 연이은 강진은 온 세상에 골고루 방문해 왔다.

정부도 사실상 이 상황을 타개할 대책이 없었다.

식량과 에너지를 수출하던 국가에서는 이를 잠정 보류, 혹은 기한을 정하지 않고 중단해 버린 상태다.

상황이 어찌 전개될지 모르는 상황에서 자국민을 먼저 돌보는 건 당연한 행동이다.

발등에 불이 떨어진 건 식량과 에너지를 수입에 의존해 오던 대한민국이었다.

에너지는 그렇다 치더라도 최소 식량 문제는 자체적으로 해결할 수 있는 시스템을 완성했어야 했다.

하지만 21세기로 접어들면서 대한민국의 정부는 국가라면 기본적으로 확보해야 할 식량 안보 문제를 등한시해 버렸다.

이렇다 보니 돈이 있어도 식량을 구하기는 힘들다.

그것도 부족해 엎친 데 덮친 격으로 후이넘이라는 강력한 침략군까지 가세했다.

한겨울이다.

전기와 가스의 사용량이 폭수하는 혹한기. 하지만 지진에 타격을 받은 각 발전소는 전면 가동 중지 내지는 부분 가동 중지에 들어갔다.

일이 이렇다 보니 대한민국 전역의 전기 수급에 큰 차질이 발생했다.

전기 없이 한겨울을 살아보라! 진정으로 죽을 맛일 게다.

덤으로 배고픔까지 가세한다.

깜빡깜빡.

현성이 감금된 유치장 역시 전기 공급 상황이 좋지가 않았다.

마치 육칠십 년대의 불안한 전기 사정을 보는 것 같다.

유승진과 차민연이 다녀간 지 오늘로 닷새째였다.

그동안 현성을 방문한 이들은 그의 사건 담당인 노기찬 검사와 형사들이 전부였다.

아직 재판은 열리지 않았고, 돌아가는 상황에 대해서도 현성은 전해 들은 바가 없었다.

그러던 어느 날, 중년의 남자가 노기찬 검사와 함께 현성을 찾아왔다.

남자는 아연과 희연의 아버지라고 밝혔다.

그는 다짜고짜 제 자식을 내놓으라며 현성에게 달려들어 욕설을 퍼붓고 주먹을 휘둘렀다.

검사와 형사가 뻔히 지켜보는 가운데서 이루어진 불법적인 행사였다.

형사들이 자매의 아버지를 뜯어 말린다.

하지만 그것은 누가 보더라도 보이기 위한 시늉에 불과했다.

현성의 입술은 터졌고, 눈덩이는 금세 시퍼렇게 변해 부풀어 올랐다.

손발에 채워진 수갑과 족쇄가 아니었다면 이처럼 형편없이 당하지는 않았을 것이다.

현성은 샌드백처럼 맞을 수밖에 없었다.

"내 딸 내놔! 내 딸 내놓으라고, 이 개새끼야!"

자매의 아버지는 밖에서 현성에 대해 무슨 말을 들었는지 광분했다.

겨우 진정한 자매의 아버지는 여전히 살벌한 눈빛으로 현성을 쏘아보았다.

옆에 있던 노기찬 검사가 거들먹거리는 태도로 자매의 아버지에게 몇 마디 했다.

그러자 남자는 언제 그랬냐는 듯 온순한 양처럼, 아니, 주인을 향해 꼬리 치는 강아지처럼 행동했다.

"검사님, 저 개자식은 미성년자인 제 딸들에게 흑심을 품고 해코지를 했을 겁니다. 불쌍한 제 자식들을 찾아주십시오. 제가 있었다면 결코 이런 일이 없었을 텐데. 다 이놈이 모자라 제 딸들이 끔찍한 고통을 겪었습니다. 부탁드립니다. 제발 제 딸들을 찾아주십시오. 흑흑."

분위기는 마치 현성이 자매를 납치, 성폭행하여 어딘가에 감금해 둔 파렴치한 악당이라도 되는 것처럼 흘러가고 있었다.

현성은 알코올 치료 요양소에 있어야 할 자매의 아버지 유일국이 왜 이 자리에 나타났는지 의문이었다.

유일국은 동네에서도 알아주는 주폭(酒暴)으로 그 지역 주민들에겐 공분의 대상이었다.

그가 반강제로 치료소에 잡혀가던 날, 사람들이 환호성까지 내질렀으니 어떤 위인인지 알 만하다.

그런데 그런 인간이 갑자기 성실한 아버지의 탈을 쓰고 이 자리에 나타났다.

"걱정 말고 나가 계세요."

"예예, 검사님만 믿겠습니다요. 너 이 개자식, 내 자식들의 솜털 하나라도 건드렸다간 네놈의 몸을 난도질해 버리고 말겠다! 에이, 더러운 새끼. 퉷!"

걸쭉한 가래침을 현성에게 내뱉은 자매의 아버지는 제 몫을 다해냈다는 듯 당당한 걸음으로 나가 버렸다.

노기찬 검사는 웃는 눈으로, 하지만 목소리에는 비아냥거림을 담아 쓰러져 있는 현성에게 말했다.

"검사가 보는 앞에서 폭력이라니. 유일국, 저 사람 성깔이 대단하군. 바닥에 앉아 있지 말고 의자에 앉지. 사내 녀석이 몇 대 쥐어 터졌다고 울고불고하는 못난 모습을 보이지는 않겠지? 뭐, 그럴 거면 미리 말하라고. 내 손수건은 빌려줄 테니까."

움직임에 방해를 주는 수갑과 족쇄로 인해 현성은 쉽게 일어나지 못했다.

팔짱을 낀 채 노기찬 검사는 거만하게 그 모습을 내려다보았다.

쓰러진 의자를 일으켜 세운 현성은 그제야 의자에 앉을 수 있었다.

현성의 얼굴에는 폭력의 흔적이 역력했지만 그 눈빛만큼은 깨끗하고 묵직했다.

노 검사는 이것이 마음에 들지 않았다.

"여전히 도전적이군. 그런다고 해서 상황이 달라지진 않아.

오히려 악화될 뿐이지. 유일국이란 저 남자 굉장히 시끄러운 타입이더군. 언론에서 좋아할 만한 먹잇감이지. 뭐, 아직은 언론에 노출되지는 않았어. 하지만 그게 언제까지일지는 알 수 없지. 자식을 걱정하는 아버지의 피눈물… 기사 타이틀로 죽이지 않나? 국민의 분노가 자네를 쓰나미처럼 덮칠 거야."

"원하는 게 뭐지?"

현성의 음성은 매우 낮았고, 말투는 차분한 반말 조였다.

노기찬 검사의 검미가 잠시 불쾌감으로 꿈틀거리다 곧 잠잠해진다.

"원하는 거라… 마치 거래를 하자는 말투 같군. 미안하지만 난 범죄자와 거래하지 않아. 그저 네 죄를 인정하기를 바랄 뿐이지. 어때? 이제 네 죄를 인정하고 당당히 벌을 받는 게. 자네 한 사람 때문에 많은 사람을 고달프게 하는 건 옳은 일이 아니지. 그러니 순순히 시인해. 그럼 내 감형에 신경 써주지."

노기찬은 사냥감을 몰이하듯 현성을 막다른 곳으로 몰며 압박을 가하고 있었다.

자매의 아버지 유일국도 노기찬이 가진 압박의 패 중 하나일 것이다.

현성은 묵묵한 태도로 노기찬 검사를 쳐다보았다.

그의 두 눈엔 상대에 대한 적개심이나 분노, 혹은 반발심이 전혀 담겨 있지 않았다.

"증거가 불충분한가 보군. 그런 말까지 하는 걸 보니 말이야."

"뭐! 이 자식이. 네가 아직도 국정원 요원이라고 착각하나 본데 너 이미 그곳에서 잘렸어, 새끼야! 너 말고도 신경 쓸 일이 한둘인 줄 알아? 그러니 빨리빨리 시인하고 감옥에 들어가 몇 년 썩는 게 여러 사람 돕는 길이야. 아연과 희연 자매 어디 있어? 빨리 말해, 이 금수 같은 자식아!"

현성의 눈썹이 매섭게 꿈틀거린다.

더는 국정원 요원이 아니라니, 잘렸다니⋯⋯대체 저 시건방이 하늘을 찌르는 오만한 검사의 지껄임은 사실일까? 거짓일까? 이 순간 현성은 노기찬의 말을 어디까지 믿어야 좋을지 감이 잡히지 않았다.

그러고 보니 지난 오 일 동안 국정원에서 찾아온 사람은 단 하나도 없었다.

하다못해 자신을 변호해 줄 변호사의 방문도 없지 않았는가! 그렇다면 자신은 모두로부터 방치된 것일까.

현성이 두 눈을 지그시 내리감고 뜰 생각을 않는다.

이에 답답함을 느낀 노기찬이 발끈하며 언성을 높였다.

"주제를 알았으면 빨리 불어!"

여전히 현성은 침묵했다.

"이 자식이 대한민국 검사를 뭐라고 생각하는 거야! 앙!"

언성을 높이며 노기찬이 현성의 멱살을 틀어잡았다.

절대 눈을 뜨지 않을 것 같던 현성이 그제야 눈을 뜬다.

그러곤 상대를 무시하는 태도로 딱 한마디 한다.

"냄새 나는 주둥이 치워."

황당함을 느낀 노기찬은 한참 동안 현성을 멍하니 바라보기만 했다.

곧 노기찬 검사의 감정은 용암처럼 들끓었다.

"너 죽으려고 용을 쓰는구나! 정말 평생 감옥에서 썩고 싶은 거냐? 아니면, 그 알량한 재주를 믿고 대한민국과 맞짱이라도 뜨고 싶은 거냐?"

"…없지."

"뭐? 뭐라는 거야, 이 새끼. 똑똑히 말해."

"못 할 것도 없다고 했다, 검사 나리."

"뭐!"

"멱살 풀어라. 그리고 앞으로 날 자극하지 마라. 지금… 내 기분이 몹시 안 좋아. 나의 폭주를 감당할 자신이 있다면, 감수할 자신이 있으면 더 해도 좋다."

싸늘하다.

매섭다.

섬뜩하다.

노기찬 검사는 솜털이 곤두서는 두려움을 느꼈다.

잠시 상대가 누군지 잊고 있었다.

그는 공간 이동의 스킬러. 그의 몸을 잡고 있는 이 순간 그가 공간 이동이라도 해버린다면! 여기까지 생각이 미친 노기찬 검사는 화들짝 놀라며 급히 현성의 멱살을 풀었다.

현성은 노기찬의 겁먹은 반응에도 무심함으로 일관했다.

문득 현성의 시선이 천장 한구석에 부착되어 깜빡이는 감시 카메라의 붉은색 등을 향했다.

"너, 너, 이 자식. 관을 봐야 눈물을 흘릴 모양이군. 좋아. 두고 보자."

기세가 크게 꺾여 버린 노기찬 검사다.

검사는 강력한 협박성 발언을 토해내곤 도망치듯 나가 버렸다.

쾅!

현성은 24시간 감시를 받고 있는 독방으로 돌아가야만 했다.

그곳은 몹시 춥고 단단하며 차디찬 세상이었다.

다시 돌아온 현성은 간이침대에 엉덩이를 붙인 채 뒷머리를 벽에 기댔다.

'삼 일만 더 기다려 보자. 삼 일만……'

결심이 엿보이는 중얼거림이 그의 입안에서 맴돈다.

*　　　　*　　　　*

노기찬 검사가 다녀간 후 이틀 만에 승진과 변호사가 현성을 찾아왔다.

차민연의 소식이 궁금했었기에 현성은 승진에게 그녀의 상태를 물었다.

다행히 그녀의 상태는 양호하다는 이야기를 들을 수 있었다.

이에 마음을 놓은 현성은 날카롭게 생긴 장년의 변호사를 보았다.

"검찰에서 확보한 증인과 증거가 현성 씨에게 여러모로 불리합니다. 또한 자매의 아버지가 언론에서 여론 몰이를 하고 있습니다. 승진 씨에게 들으니 자매를 현성 씨가 돌봐주었다고 하더군요. 지금 상황에서 반격의 기회를 제공할 유일한 희망은 그 자매입니다."

앞서 현성은 자매의 노출을 거부한 바 있었다.

그때보다 상황이 더 나빠졌지만 현성은 여전히 요지부동이다.

"그 점에 대해선 거부하겠습니다."

자매의 아버지는 몹시 포악한 사람이다.

가정 폭력으로 자매가 겪은 지난날의 고통을 뻔히 아는데 저 자신이 편하고자 자매를 다시 그 지옥의 구덩이로 밀어버릴 수는 없었다.

자매 모두 성년이었다면 현성의 결정은 좀 더 유연했을 테지만 아쉽게도 자매는 보호자가 필요한 미성년자들이었다.

현성이 여전히 흔들리지 않자 옆에서 지켜보던 승진이 안타까운 표정으로 거들고 나섰다.

"현성아, 변호사님도 말씀하셨지만 상황이 네게 불리해. 그 깡패 새끼들이 쥐약을 처먹었는지 너에게 불리한 증언만 쏟아내고 있어. 그리고 놈들이 촬영한 동영상이 검찰의 주요 증거물로 채택되면서 더 골치 아파졌어. 그리고 이런 이야기는 안하려고 했는데 정치권에서도 너의 사건을 조기에 끝내길 바라고 있어."

승진의 어감에서 현성은 정치권도 검찰에게 힘을 실어주고 있는 듯한 느낌을 받았다.

하긴, 세상이 뒤숭숭한 이때 법의 공평함을 보이며 민심을 수습하는 것도 안정을 도모하는 하나의 방편일 것이다.

제물이 된 자의 심정은 처참하겠지만.

두 사람은 현성의 입에서 긍정적인 대답이 떨어지기를 바랐다.

하지만 고집불통인 이 남자의 입에선 결코 그들이 원하는 대답이 나오지 않았다.

변호사가 나직한 한숨과 함께 말했다.

"현성 씨가 그리 생각한다면 알겠습니다. 열악한 조건이지만 반전의 소지를 다른 곳에서 찾아봐야겠군요. 문제는 재판으로 넘어가게 되면 정황상 현성 씨에게 몹시 불리하다는 겁니다."

'마지막으로 기회를 줄 테니 도움이 될 자매를 내놓는 게 어떻겠냐?' 라는 말을 변호사는 에둘러 말했다.

현성은 침묵했다.

변호사는 현성의 황소고집에 졌다는 듯 고개를 내저은 뒤 나갔다.

승진이 무거운 안색으로 현성을 바라본다.

"현성아, 정말 자매에게 해를 끼친 건… 휴우, 내가 미쳤나

보다. 이런 걸 다 묻고. 네 성격을 뻔히 알면서. 하지만 너도 이해해라. 지금 바깥 분위기는 나마저 널 의심하게 만들 정도로 돌아가고 있다는 것을 말이야."

사태의 심각성이 다시 한 번 승진의 어조에서 묻어 나온다.

현성은 묵묵히 이를 듣기만 할 뿐 가타부타 말이 없다.

"네가 끝까지 고집 피우겠다니 나도 어쩔 수 없구나. 일단 네게 도움이 될 증인과 증거를 수집하는 데 최선을 다해보마. 그리고 이건 노파심에서 하는 말인데… 탈옥은 생각도 하지 마."

현성이 하고자 하면 탈옥은 손바닥 뒤집기보다 쉽다.

문제는 그와 같은 결정을 내릴 시 모든 죄를 시인한 것으로 간주될 수 있다는 점이다.

그것은 두 번 다시 정상적인 공동체 구성원으로 돌아갈 수 없음을 의미한다.

여전히 현성의 입은 자물쇠가 채워진 것처럼 열리지 않았다.

자리에서 일어선 승진이 마지막으로 현성에게 당부한다.

"나와 민연 씨, 그리고 동료들은 너의 무죄를 믿고 있다. 모두가 널 위해 발 벗고 나서고 있어."

승진이 떠난 후 다시 현성은 싸늘한 독방으로 돌아왔다.

이곳은 그를 위해 준비된 특수 감옥이다. 감시의 눈길은 내내 그의 일거수일투족을 놓치지 않고 있었다.

        *   *   *

깊은 밤을 깨운 전화벨이 침대의 누군가를 부른다.

잠든 아내를 힐끗 본 남자는 핸드폰을 들고 서재로 향했다.

탁.

서재의 문을 닫은 남자가 통화 버튼을 누른다.

"뭡니까?"

남자의 목소리엔 상대방에 대한 반감이 깃들어 있었다.

―잘 보고 있소. 활약상이 대단하더군, 노기찬 검사.

얼굴에 불쾌감을 드러낸 남자는 현성의 사건을 담당하는 검사 노기찬이었다.

그런데 핸드폰에서 흘러나오는 음성이 참으로 귀에 익다.

"우리의 거래는 이번 일로 끝났다고 알고 있는데."

노기찬이 목소리에 노기를 띠자 핸드폰에선 이를 비웃는 웃음이 흘러나왔다.

한밤에 흘러나오기에는 지나치게 생기 넘치는 웃음이다.

―하하하. 우린 공모자요, 공모자.

씰룩.

노기찬의 입가는 분노와 불쾌감으로 연방 씰룩거렸다.

"당신이 부탁한 대로 놈은 올가미에 걸렸소. 그러니 그 일이라면 걱정하지 않아도 되오, 유오찬 씨."

유오찬? 방금 노기찬은 대한민국 사회를 공포에 빠뜨린 악질 테러 주동자의 이름을 언급했다.

대한민국의 현직 검사와 테러리스트와의 은밀한 통화.

—나도 보는 눈이 있어 상황이 어찌 돌아가는지는 알고 있
소.

"그럼 왜 전화한 거요?"

—부탁 하나만 더 들어줬음 해서 말이오.

"그건 거래 위반이오. 거래……."

—쯧쯧, 빡빡하긴. 누가 검사 영감 아니랄까 봐. 내 부탁은
큰 게 아니오. 당신에게도 좋고 나에게도 도움이 되는 매우 유
익한 것이오.

노기찬은 유오찬의 부탁을 거절할 수 없는 자신에게 화가
치밀었다.

자고로 수렁에는 한 번 빠지면 쉽게 나올 수 없는 법이다.

자신의 불쾌감을 꾹꾹 누른 노기찬이 유오찬의 부탁에 대해
묻는다.

"그게 뭐요?"

—물건 하나만 놈에게 배달해 주면 되오. 방법은 상관없소.

"물건? 그게 뭔데 내게 부탁까지 하면서 전해주라는 거요?
날 난처하게 할 생각이면……."

—오해 말아요. 당신에게 해가 갈 일은 없을 테니까. 보자,
내일쯤 당신 사무실로 택배 하나가 갈 거요. 그걸 잘 간수했다
가 놈에게 전해줘요. 그거면 돼요. 당신이 불편하게 여기는 나
와의 인연도 그 물건의 배달과 함께 끝날 것이고. 그럼 잘사시
오, 공모자 양반.

뚜우우우우.

노기찬은 울컥한 표정으로 핸드폰을 집어 던졌다.

그의 얼굴은 불쾌감에 빨갛게 상기되어 잔뜩 굳어 있었다.

'빌어먹을 스킬러 새끼.'

제16장
1월의 마지막 그날은 붉었다 (1)

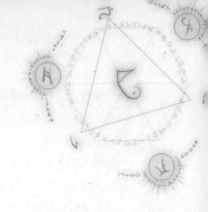

유난히 붉은 달이 한겨울 어둠에 묻힌 세상을 무심히 비춘다.

폐업, 폐업, 폐업!

거리에 늘어선 가게마다 나붙은 이 붉은 띠종이는 이제 우리의 주위에서 흔히 볼 수 있는 풍경이 되어버렸다.

불안감을 조장하는 요란한 사이렌 소리가 들리는 거리는 음습함과 칙칙함으로 가득했다.

"회개하라! 지옥이 너희를 마중 나왔다!"

종말론을 부르짖는 광신자들의 외침도 이제는 흔한 일상이 되었다.

앵앵앵앵—!

멋들어졌던 서울 야경은 정부의 에너지 절감 정책에 따라 그 빛이 아흔 노파의 이처럼 드문드문하여 예의 화려함과 아름다움을 잃었다.

색색의 화려한 빛이 사라진 자리는 이제 스스로 자신의 감정을 주체 못 한 자들의 지저분한 웅덩이가 되었다.

그곳에선 하루에도 몇 명씩 사람들이 죽어나갔다.

사람들이 그간 당연하게 누려왔던 질서와 풍요의 전멸은 사람들의 집단 히스테리를 불러일으켰다.

사과 몇 마디로 끝날 사소한 사건에도 사람들은 원수처럼 싸웠다.

정부의 강력한 경고와 조치도 소용이 없었다.

사회 전체가 벼랑 끝에서 발작하는 것 같았다.

현성은 네모반듯한 메모지 한 장을 들고 있었다.

은밀한 방법으로 그에게 전해진 이 메모지의 출처는 짐작조차 할 수 없었다.

지리산. 1월 31일.

현성의 눈빛 깊은 곳에서 거대한 의문이 마치 뜨거운 용암처럼 분출되었다.

이 문구는 현성을 가장 크게 자극할 수 있는 유일한 흥분제라 할 수 있었다.

쪽지는 그의 손아귀에서 꾸깃꾸깃 구겨지다 곧 그 형체를 완전히 잃어버렸다.

아연과 희연은 현성에겐 매우 특별한 의미로 가슴에 담긴 사람들이었다.

그에게 있어 그녀들은… 늘 지켜보고 돌봐줘야 할 책임과 의무감을 느끼게 했다.

하지만 그 감정이 그는 싫지 않았다. 오히려 자매를 도와줄수록 안정감과 만족감을 느꼈다.

그런데 그의 그 유일한 즐거움이 타의에 의해 침범받으려 한다.

'누구지?'

이 문구의 내용을 쫓아 움직인다면 이 사회와 등을 돌리는 악수가 되리라.

쪽지는 현성에게 세상과 자매, 둘 중 하나를 선택하라는 엄중한 강요를 하고 있었다.

대개의 경우 사람들은 일신의 영화와 평화를 위해서 자신의 위치를 지키려 한다.

그러나 이 남자는 그러한 보통의 사람들과는 생각하는 바가 크게 달랐다.

세상이 등을 돌리면 그 역시 언제든 주저하지 않고 등을 돌릴 사람이었다.

법 없이도 충분히 살아갈 수 있는 자가 바로 이 남자, 선우 현성이다.

질서와 법은 다수의 약자를 위한 것이지 그와 같은 강자에겐 번거로운 규칙에 지나지 않았다.

'나에게… 이 세상의 무게는 깃털에 불과할 뿐!'

파앗!

모든 것을 가두어두지 않고선 성이 차지 않는 단단한 네모의 유치장. 그 속에 있던 유일한 인간은 세상을 비웃으며 감쪽같이 자취를 감추어 버렸다.

깜빡깜빡.

그 텅 빈 공간. 24시간 현성을 감시하던 감시 카메라만이 할 일 없이 그 붉은 눈을 빛낸다.

*　　　*　　　*

왕성한 겨울바람이 지리산 시커먼 골짜기를 야생마처럼 질주한다.

이 황량하고 차가운 공간에 현성은 거짓말처럼 나타났다.

그에겐 이 일이 호흡처럼 자연스럽고 당연해져 있었다.

현성의 시선이 닿는 곳마다 새하얀 눈이 마치 두꺼운 이불처럼 덮여 있다.

얇은 옷차림의 현성은 곧 추위를 느꼈다.

물밀 듯 밀려드는 한기는 그의 의지와 상관없이 진저리로 나타났다.

방향을 가늠한 현성은 곧 움직였다.

그가 향하는 방향은 지리산 외조부의 집이었다.

두꺼운 눈밭이 걸음을 방해했지만 사방이 꽉 막힌 감금 시설보단 지금의 이 불편함이 그는 더 좋았다.

불빛 한 점이 현성의 걸음을 멈추게 한다.

'별일 없구나.'

안도의 한숨이 새하얀 입김과 함께 앞으로 뿜어져 흩어진다.

유리를 대신하여 창틀에 고정된 이중 농업용 비닐 안쪽에서 불빛이 흘러나온다.

굴뚝에서 빠져나온 흰 연기가 머리를 풀어헤치며 검푸른 밤하늘로 올라간다.

연기는 곧 바람에 잡아먹힌다.

휘이이이이잉.

바람은 더욱 강성해진다.

그럴수록 현성의 체온은 뚝뚝 떨어진다.

꼼꼼한 시선으로 현성은 가옥과 그 주변을 여러 차례 반복하여 살펴보았다.

외견상으로만 보았을 때 그가 떠날 당시와 달라진 점은 없었다.

우려와 경계심으로 딱딱하게 굳어 있던 그의 마음은 그제야 풀렸다.

가옥으로 향하는 현성의 발걸음이 점차 빨라진다.

"누구세요?"

현성의 발걸음을 막는 익숙한 목소리. 긴장한 목소리의 주인은 아연이었다.

그녀의 품엔 장작이 안겨 있었다.

긴장감이 엿보이던 아연의 표정에서 이내 그 감정이 먼지처럼 날아간다.

감정의 빈자리는 순식간에 복잡다단한 감정이 대신했다.

반가움과 약간의 원망, 그리고 기쁨의 눈물이 흘렀다.

와르르.

아연이 장작을 떨어뜨리며 현성을 향해 뛰어갔다.

"현성 오빠—!"

이런저런 일들이 동시다발적으로 벌어지다 보니 현성은 그간 자매를 찾아오지 못했다.

이는 그로서도 어쩔 수 없었다.

특수국 요원의 복무 규정상 비상시엔 항상 위치 추적 장치를 몸에 휴대해야 한다.

이 장치는 착용자의 체온에 의해 작동하고 꺼지는 최첨단 디지털 장치로, 임의로 이를 몸에서 풀어낼 수 없었다.

요원 중 몇몇은 이를 개목걸이라 부르기도 했다.

산골짜기의 하루는 도시와 달리 매우 느리다.

그러다 보니 아연은 현성이 수년 만에 돌아온 것처럼 느끼고 있었다.

눈물까지 글썽이며 그의 품속으로 단숨에 뛰어드는 것만 보아도 그녀의 내심에 쌓여 있던 그간의 심정이 어떠했는지 알 수 있다.

현성은 품에 안긴 아연의 머리를 조심스러운 손길로 쓰다듬으며 자신의 선택에 대한 일말의 우려조차 머릿속에서 말끔히 지워 버렸다.

"늦어서 미안하다."

투박한 말투와 어색한 손길에서 아연은 그의 진심을 느꼈다.

그에 대한 걱정과 원망과 기다림의 빙산은 그래서 녹아내릴 수 있었다.

현성을 껴안은 아연의 두 팔엔 더욱 힘이 들어간다.

"난 오빠가 우리를 까맣게 잊고 있는 게 아닐까 하고 생각했어요. 그래서 많이, 많이 무섭고 두려웠어요. 흑흑……."

현성은 말없이 아연의 등을 토닥이며 위로했다.

무서웠으리라. 외로웠으리라. 아무도 찾아오지 않는 절해의 고도와 같은 산골짜기에서의 생활이.

밖의 소란을 듣게 된 희연이 부지깽이를 들고 곧장 뛰쳐나왔다.

"…어?"

희연의 굳어 있던 몸과 표정은 현성을 확인한 뒤 안도감에 풀어진다.

포옹한 남녀를 빤히 응시하던 희연이 나직한 한숨을 불어내며 새침한 목소리로 말한다.

"아저씨, 왔으면 들어오지 거기서 뭐 해? 들어와서 불 쬐."

이것이 희연이 표현할 수 있는 가장 친근한 제 감정의 표현이다.

정신없이 현성을 껴안고 있던 아연은 그제야 정신을 차린다.

아연은 이 상황을 여동생에게 이치에 맞게 설명하고 싶었지만 도통 무슨 말을 해야 할지 떠오르지 않았다.

그녀의 머릿속은 온통 저 자신의 심장 소리와 이 상황에 대한 부끄러움으로 넘쳐 나고 있었다.

아연의 심정을 알아챈 것일까? 현성은 깍짓손으로 자신을 끌어안고 있는 아연의 깍지를 푼 뒤 희연을 차분하게 응시했다.

"늦었다."

"많이 늦었지."

탄산수처럼 톡 쏘는 희연의 말투와 태도에서 현성은 '이제야 진짜 집으로 돌아왔구나!' 라는 생각이 들었다.

그러고 보니 그리움이란 감정이 자신에게도 있었구나 싶었다.

아연을 봐서 좋고, 희연을 봐서 좋았다.

희연은 현성을 빤히 응시했다.

그녀는 내심 살짝 놀라고 있었다.

편안하고 부드러운 마음이 꽃핀 미소가 현성의 얼굴에 걸려 있었기 때문이다.

예전에도 몇 번 저것과 같은 미소를 보았지만 지금의 저 미소는 단연코 그때와 달랐다.

뭔가 더 깊은 감정이 들어 있었다.

현성의 미소는 강력한 전염성으로 희연에게로 전파된다.

그를 따라 얼굴 근육이 멋대로 움직이려 하자 희연은 빽 소리치며 등을 돌렸다.

그러는 그녀의 얼굴은 홍당무처럼 익어 있었다.

"다음부턴 늦지 마, 아. 저. 씨! 쳇."

"노력하지."

"잘났어, 정말. 쳇쳇쳇."

희연의 행동에 아연은 환하게 웃는다.

새침데기 공주께서 드디어 얼어붙은 마음의 한쪽을 녹여 그곳에 현성을 들여놨음을 느낄 수 있었기 때문이다.

두 사람이 집 안으로 들어간 잠시 동안 아연은 찬 밤하늘을 올려다본다.

세상은 꽁꽁 얼어붙어 있었지만 아연의 표정은 봄날의 정원처럼 따뜻했다.

실내.

바지 하나에 반팔 티셔츠, 그리고 슬리퍼. 현성은 이 겨울과 전혀 어울리지 않는 복장으로 앉아 있다.

이제야 현성의 복장을 제대로 보게 된 아연과 희연은 놀라지 않을 수 없었다.

"아저씨, 그 복장은 뭐야?"

"오빠, 무슨 일 있었나요?"

질문의 폭격이 자매의 입에서 동시에 터진다.

진심이 담긴 걱정과 염려가 두 사람의 얼굴에 선명했다.

아연이 옆에 있던 담요로 현성의 몸을 덮어준다.

현성의 몸은 추위에 얼어붙었지만 마음은 그 어느 때보다 데워져 있었다.

현성은 자신의 일거수일투족을 놓치지 않겠다는 집념을 내보이는 자매를 빤히 응시했다.

그의 침묵을 견디지 못한 쪽은 역시 성격이 급한 희연이다.

"무슨 일이야? 나쁜 일 있었어?"

현성이 침묵을 깼다.

"너희 아버지가 날 찾아왔었다."

현성의 입에서 아버지란 단어가 떨어지자마자 자매는 벼락이라도 맞은 듯 부르르 떨며 서로의 손을 움켜잡았다.

자매에게 아버지란 존재는 어두운 그림자였다.

잊고 싶은 과거였다.

아연은 굳은 얼굴로 침묵했다.

희연이 화난 표정으로 소리치듯 말했다.

"그 인간이 왜 아저씨를 찾아온 거야? 요양소에 있어야 할 그가… 그 인간 때문에 그 꼴로 집에 온 거야? 그가 해코지했어?"

희연은 절대 자신의 아버지를 아버지라 부르지 않았다.

그녀의 마음속에서 아버지는 언제나 남보다 못한 타인이었다.

현성도 알고 있었다. 이들 자매에게 아버지란 어떤 존재인지에 대해서.

그러했기에 희연의 발작적인 태도를 탓할 생각이 현성에겐 전혀 없었다.

용서와 이해는 자매가 선택할, 그들의 몫이지 자신이 일일이 지적하고 관여할 일이 아니었다.

"아니."

"정말이야?"

미심쩍은 기색을 떨치지 못하는 희연.

"그로 인해 오빠가 곤란해지셨어요?"

미안한 마음에 고개조차 들지 못하는 아연.

착한 아연마저 자신의 아버지를 아버지로 부르지 않는다.

자매의 인생에서 아버지란 이 세상의 존재가 아니었다.

자매는 지신들이 협박에 이용되어 현성의 발목을 잡게 되지는 않았는지 걱정했다.

그 인간―아버지―이라면 티끌만 한 빌미도 크게 부풀려 뼛골을 뽑아먹는 치사하고 비열한 짓도 서슴지 않을 것이기 때문이다.

"곤란한 일 없었다."

현성은 평소의 모습으로 돌아와 있었다.

완벽한 포커페이스와 감정을 읽기 힘든 무뚝뚝한 목소리. 하지만 자매는 그의 그 단단한 껍질을 꿰뚫어 본 듯 이를 믿지 않았다.

황량하고 쓸쓸한 표정이 자매의 얼굴에 먹구름처럼 드리워져 있었다.

"앞으로 우린 어떻게 해야 할까요?"

아연이 차분한 음성으로 현성에게 물었다.

희연은 말없이 현성을 쳐다보며 그의 대답을 기다렸다.

자매에게 현성은 유일한 보호자이자 유일한 믿음의 안식처였다.

그의 결정이 곧 자신들의 결정이었다.

현성을 향한 자매의 마음은 신뢰에 기반을 두고 있었다.

그것은 반석보다 더 단단했고 기둥처럼 튼튼하고 곧았다.

"한숨 자고 나서 이야기하면 안 될까? 피곤해서."

24시간 일거수일투족을 감시받는 유치장에서의 생활은 강철 체력을 지닌 자라도 지쳐 나가떨어질 만큼 심신에 지대한 압박을 줄 수밖에 없다.

긴장감을 놓자 그간 쌓인 피로가 물밀 듯이 밀려왔다.

"저희만 생각했네요. 이부자리 봐드릴게요, 오빠."

아연이 재빨리 일어나 잰걸음으로 그의 방에 들어간다.

희연은 세운 무릎에 턱을 괴고 앉아 여전히 심각한 표정을 풀지 못하고 있었다.

작고 왜소한 그 모습을 잠시 바라보던 현성은 그녀의 머리를 가볍게 톡톡 쳤다.

"뭐야? 아저씨, 내 머리는 문이 아니라고."

우울함에서 자신을 건져준 현성에게 희연은 고마움을 느

졌다.

물론 이를 표현할 희연이 아니다.

"걱정하지 마라. 난 늘 너희 편이다. 너희가 어떤 결정을 내리든 난 항상 너희를 지지한다."

"믿어도 돼?"

"믿어."

"아저씨 말이니까 내 믿어주는 거야. 다른 사람 말은 콩으로 메주를 쑨다 해도 난 안 믿어."

확연히 풀린 기색으로 희연이 말했다.

"별일 없었어?"

소녀의 고백(?)에 딱히 해줄 말이 떠오르지 않아서 현성은 화제를 돌렸다.

희연 역시 이 주제로 질질 끄는 게 싫은지 이에 동조했다.

"얼마 전에 하늘에서 이상하게 생긴 고깃덩어리가 떨어졌었어. 그게 나타나기 전의 느낌은… 음, 지진이 발생하기 전에 느꼈던 것과 비슷했어."

그때 일을 떠올리는 걸까? 희연이 진저리 쳤다.

당시의 사건은 희연에겐 큰 충격이었다.

"내가 너무 안일했구나. 여기도 나타날지는 생각 못 했다."

다행스럽게도 후이넘이 죽어서 나타났기에 망정이지 온전했다면 자신을 맞아준 것은 자매의 싸늘한 시신이었으리라.

현성이 주먹을 불끈 쥔다.

"그게 무슨 말이야? 그럼 도시에도 그 고깃덩어리가 나타났었어? 그거 위험한 거야?"

　스킬러의 등장 이후 세상은 종말론자들이 부르짖던 절차를 밟고 있었다.

　이 때문에 사이비 종교가 확산하고 절망에 빠진 자들의 분별력을 상실한 위험한 일탈이 봇물처럼 터졌다.

　그나마 다행인 것은 정부가 제 기능을 잃지 않아 자멸의 전조가 사전에 진압되고 있다는 점이다.

　"그 얘기도 내일 하자."

　"음… 알았어. 그리고 미안해."

　"뭐가?"

　"전부 다. 그만 자."

　아연이 현성의 방에서 나오는 걸 본 희연이 자리에서 일어나 제 방으로 들어가 버렸다.

　상당히 복잡한 표정으로.

　탁.

　"오빠, 이부자리 펴놨어요. 들어가서 쉬세요."

　궁금한 게 많을 텐데도 아연은 현성에게 아무것도 묻지 않았다.

　거실에서의 대화를 모두 들었을 텐데도.

　아연이 봐준 이부자리에 누운 현성은 오랜만에 편안한 마음으로 숙면에 들어갈 수 있었다.

　　　*　　　*　　　*

"뭐라고요? 그가 탈옥했다고요!"

집에서 휴양하던 차민연은 퇴근한 아버지로부터 현성이 탈옥했다는 소식을 전해 들었다.

현성을 상대로 능력을 발휘하다 미지의 힘에 반격을 받게 된 민연은 한동안 극심한 두통에 시달렸다.

그때로부터 한참이 지난 지금은 많이 호전되었지만 강도가 약해졌을 뿐 두통은 여전했다.

차기수 국장은 현성의 탈옥 사건으로 말미암아 국정원 원장실에 불려가 진땀깨나 흘렸었다.

"확인해 보니 사실이더구나."

"그럼 그는 어찌 되는 거죠?"

"우리가 개입할 여지도 없이 검찰이 발 빠르게 전국에 수배령을 내렸더구나. 일부 언론에서도 이 일을 특종으로 보도했다. 어수선한 시국에 그는 성난 민심을 달랠 일종의 희생양이 될 듯싶구나."

현성이 제 딸을 두 번씩이나 위기에서 구해주었기에 차 국장은 그의 곤란함을 해결해 주기 위해 배후에서 물심양면으로 노력해 왔다.

하지만 차 국장의 지난 노력은 현성이 탈옥하는 바람에 그만 물거품이 되고 말았다.

그나마 다행인 것은 현성의 탈옥이 특수국 전체에 부담으로 작용하지는 않았다는 점이다.

이는 후이넘의 대적자로 스킬러의 존재가 크게 부각되었기 때문이다.

민연은 또다시 몰려오는 두통을 억지로 참아내며 아버지에게 물었다.

"대체 그가 왜 탈옥을… 전에 봤을 땐 그에게서 그럴 기미가 전혀 느껴지지 않았어요. 그도 사태의 중대함을 잘 알고 있었단 말이에요."

민연의 반응을 살핀 차 국장은 단호한 표정으로 말했다.

딸을 걱정하는 아버지의 입장에서.

"그리해야만 할 사정이 그에게 있었을지도 모르지. 하지만 탈옥은 정말 경솔한 행동이었다. 더욱이 그는 공인의 신분에서 법을 정면으로 위반했어. 이제 그에 대한 세상의 시선은 더 차가워질 것이다. 그리고 현성 군은 파면 조치됐다."

"파면이라고요?"

"나로서도 어쩔 수가 없구나. 상부에선 현성 군이 민간인과 스킬러의 불화를 재점화시킬 요인으로 작용하지 않을지 깊이 우려하고 있단다. 그 때문에 우리가 먼저 그를 체포해야 한다는 목소리도 내부에서 강력하게 나오고 있지. 조만간 그를 전담하는 체포 팀이 꾸려지지 않을까 싶구나."

최악의 상황이다! 차민연은 몰려오는 두통만큼이나 근심 걱정도 늘어났다.

대체 그는 왜 그와 같은 어리석은 선택을 했을까? 이제는 원망하는 마음마저 치미는 차민연이었다.

하지만 그 마음은 잠깐이었다.

이유가 있으리라. 탈옥을 선택한 피치 못할 이유가!

"아버지, 저 내일 당장 복귀하겠어요. 그리고 부탁이 있어요."

"몸이 낫지 않았잖니."

"제가 그 전담 팀에 들어갈 수 있도록 손써주세요. 그는 제 생명의 은인이에요. 그것도 두 번이나."

민연의 강력한 요청에 차 국장은 허락할 수밖에 없었다.

자신이 허락하지 않는다면 민연은 개인적으로 현성을 찾아다닐 게 뻔했기 때문이다.

그럴 바엔 차라리 믿음직한 파트너를 붙여 딸의 안전을 도모하는 게 현명했다.

"알았다. 내 손써놓으마."

"감사해요, 아버지."

*　　　　*　　　　*

햇살이 눈을 찌른다.

고개를 돌려 이를 피해도 방 안 전체가 환해지자 도저히 피할 곳이 없다.

뜨끈뜨끈한 온돌의 마성에 빠졌던 현성은 햇살의 재촉에 마지못해 눈을 떴다.

온돌의 마성에서 완전히 빠져나오지 못한 현성은 이불 속에서 뭉그적거렸다.

지금 그의 모습을 보면 이부자리를 털고 일어날 생각이 전혀 없어 보인다.

그런데 이랬던 그가 돌연 이부자리를 박차고 벌떡 일어섰다.

방문 틈 사이로 스며드는 구수한 된장찌개 냄새를 맡았기 때문이다.

수면욕만큼이나 강력한 것이 식욕이다.

삐이걱.

"오빠, 푹 주무셨어요?"

앞치마를 두른 아연이 환한 미소로 부스스한 모습의 현성을 반긴다.

온 집 안이 된장찌개 냄새로 가득 차 있었다.

큼큼큼.

"냄새 좋네."

군침이 현성의 입안을 가득 채웠다.

"된장찌개를 끓여봤어요. 맛은 장담 못 해요."

"나 씻고 올게."

"예."

허기가 더 밀려오는지 현성은 바삐 세면장으로 향했다.

인근 냇가와 연결된 파이프는 겨울을 대비하기 위해 땅속에서 꺼내어 보온 단열재로 여러 번 꽁꽁 싸맨 뒤 다시 파묻어 두었었다.

이런 조치를 취해도 지리산의 겨울은 몹시 추워 파이프가 얼어버리는 것은 놀랄 일이 아니다.

파이프 입구의 마개를 열자 그래도 전의 그 노력이 결실을 봤는지 힘차지는 않았지만 졸졸거리며 물이 떨어졌다.

세숫물로 쓸 만큼의 양이 차려면 아직 시간이 더 필요했다.

배가 고파서 그런지 그 차는 양이 영 마음에 들지 않는 현성이다.

꼬르륵.

대야에 물이 찰 때까지 그 앞에 쭈그려 앉아 기다리던 현성은 자신이 중요한 뭔가를 잊고 있다는 생각이 번쩍하고 들었다.

자리에서 벌떡 일어난 현성은 부엌을 거쳐 거실로 한달음에 달려갔다.

거실엔 이미 상이 차려져 있었고 아연과 희연이 둘러 앉아 그가 오기만을 기다리고 있었다.

여전히 후줄근한 그의 모습에 희연이 고개를 갸웃하며 묻는다.

"아저씨, 물 안 나와?"

"아니."

"그런데 왜 안 씻어? 설마 손 시려서 세수 못 하겠다는 말을 하려는 것은 아니겠지? 나와 언니도 그 물에 세수하고 설거지하고 빨래하고 다 하니까. 그 말 할 생각이었다면 하지 마. 욕 들어먹을 거야, 분명히."

희연의 얼굴에는 장난기가 다분했다.

어젯밤과는 확연히 달라진 태도였다.

예전 그녀의 농담에는 경계심이란 가시가 늘 곤두서 있었다.

하지만 지금은 그 경계의 가시가 사라지고 약간의 투정과 짓궂음만이 느껴졌다.

아연도 이를 느꼈기에 희연의 태도를 그냥 지켜보았다.

아니, 오히려 맑게 웃으며 동조했다.

얌전하게.

"오빠, 추우면 나중에 씻고 식사부터 하세요."

현성은 밥상을 내려다보았다.

꼬르륵.

차려진 밥상을 보니 배 속의 식충이 더욱더 요란하게 울어댄다.

"얼굴로 밥 먹는 것도 아니니까. 난 안 씻고 먹겠어."

현성은 희연을 겨냥하여 진지한 태도로 이 말을 한 뒤 냉큼 자리에 앉았다.

그의 태도와 말투는 분명 진지하다.

그러나 그 내용은 게으른 아이의 투정이라 자매는 멍한 표정을 지었다.

자매가 그러거나 말거나 현성의 수저는 당당하게 된장찌개로 입성했다.

된장찌개를 맛본 현성은 대단히 흡족한 표정을 자연스럽게 드러냈다.

그것은 예전 자장면과 군만두를 먹을 때나 가끔 볼 수 있었던 레어급 표정이다.

신기한 동물을 쳐다보듯 그를 보던 자매가 동시에 풋 하고 웃었다.

달그락 달그락.

순식간에 밥 한 그릇을 뚝딱 해치운 현성이 빈 그릇을 내밀자 아연이 즉시 밥을 채워서 내주었다.

흐뭇한 표정으로.

"참, 오늘이 며칠이지?"

감금되어 있는 동안 현성은 시간과 날짜를 알 수 없는 생활을 했다.

전등불이 늘 켜져 있었기에 그곳에선 낮과 밤의 구별조차 힐 수 없었다.

이는 명백한 정신적 고문이었으나 현성은 이에 대해 불평한마디 하지 않았다.

"아저씨, 날짜도 모르고 살았어? 재미 좋았나 보네."

"재미있지는 않았다."

현성은 진실을 말했지만 희연은 그의 말을 믿지 않았다.

아연이 핸드폰에서 날짜를 확인하고 말해준다.

이곳에서의 핸드폰은 달력과 시계 용도다.

"31일이에요, 오빠."

아연의 대답에 현성의 표정은 눈에 띄게 굳어버렸다.

그의 표정이 심상치 않았기에 자매도 덩달아 얼굴에 걱정을 드러냈다.

현성의 머릿속은 온통 메모지의 내용으로 가득했다.

'유오찬… 그놈인가? 아니면, 제삼의 인물일까?

자매의 의문에 찬 표정을 느낀 현성은 상념을 털어냈다.

이 일은 어차피 자매도 알게 될 일이다.

자매를 다른 곳으로 피신시켜야 하니 그 대상인 자매에게 어찌 비밀로 할 수 있겠는가.

본래 자리로 돌아가는 것이라면 또 모를까, 그게 아닌 이상 자신이 겪은 일을 차근차근 설명할 수밖에 다른 도리가 없었다.

"일단 먹고 얘기하자."

자신의 이야기를 듣게 된다면 필시 자매는 식욕을 잃을 것이다.

이를 고려한 현성은 식사를 끝낸 후 어제 못 했던 이야기를 해주기로 했다.

처음 화기애애했던 아침 식사 분위기는 무겁게 끝이 났다.

자매가 상을 치운 뒤 현성 앞에 앉았다.

현성은 그동안 발생한 사건과 자신의 주변에 발생한 일들에 대해 차분한 어조로 설명했다.

자매의 얼굴 위로 두꺼운 먹구름이 드리워졌다.

"오빠, 우리 때문에 오빠가 불이익을 당하게 할 순 없어요. 제가 나서서 오빠의 결백을 증명할게요."

"언니, 난 왜 빼. 나도 이 일엔 책임이 있어."

제 아버지를 만날까 싶어 벌벌 떨었던 자매는 현성이 처한 상황을 전해 듣자 두려움을 떨치고 일어섰다.

하지만 현성은 이를 노리고 자매에게 진실을 말한 것이 아니다.

"진정들 해."

현성의 어조는 담담했으나 그 내심은 이처럼 담담하지 않았다.

자신의 어려움을 듣자마자 발 벗고 나서주겠다는 자매의 용기가 참으로 가상했다.

현성은 자매가 자신의 말을 끊는 게 싫다는 듯 빠르게 말을 이었다.

"내게 씌워진 죄목은 문제 되지 않아. 문제는 메모지를 내게 보낸 자의 의도지."

"아저씨, 이상배, 그치의 패거리가 아닐까?"

희연의 말에 아연도 동의하며 고개를 끄덕였다.

납치와 테러를 일상처럼 해대는 위험한 자들이다.

어찌 됐든 간에 그런 자들의 동료를 현성이 죽여 버렸으니 그들에게 현성은 눈에 박힌 가시일 것이다.

"오빠, 여기는 안전하지 않겠네요. 갈 곳은 있어요?"

위험한 세력이 현성의 목숨을 노리는 상황이다.

그에게 씌워진 누명은 어찌 보면 차후 풀어낼 수 있는 문제다.

자신들이 나서서 해명하면 될 테니까.

하지만 이상배의 동료들이 쪽지를 보낸 당사자라면 이는 심각한 문제다.

희연 역시 사태의 심각성을 파악한 듯 현성의 대답만 조용히 기다렸다.

현성의 얼굴은 널리 알려진 상황이라 신분을 속이고 도시에서 생활하기는 어렵다.

이곳에서의 생활이 안성맞춤이었지만 상황이 이를 허락하지 않으니 다른 인적 없는 장소의 물색이 급선무다.

"…없는데."

현성의 대답은 자매의 기대를 와르르 무너뜨렸다.

"언니, 어쩌지?"

"그러게. 어쩐다. 작은 도시에 방 한 칸 얻어 숨어 살면 어떨까? 아니면, 농촌이나."

"돈이 있어도 물건을 살 수조차 없다잖아. 그리고 방을 얻는 게 쉬워? 언니나 나나 미성년자야. 그렇다고 아저씨가 나서서 계약할 수도 없어. 사람의 왕래가 없는 곳으로 가야 해."

현성은 자매의 진지한 대화를 묵묵히 지켜보았다.

마음이 편치 않았다.

자매는 한창 공부하고 놀 나이다.

그런데도 이처럼 외진 곳을 찾아 숨어 살아야 한다.

무엇이 잘못된 것일까? 과연 자신은 잘하고 있는 걸까? 자매를 걱정하는 그의 마음은 무수한 물음표를 만든다.

"그럼 어쩐다……?"

현성의 능력이 1일 1회라는 횟수의 제한을 벗어났다는 사실을 자매가 알았다면 그녀들은 금세 해법을 찾아냈을 것이다.

"일단은 이곳을 벗어나야 해. 우리를 도와줄 사람은 우리 자신밖에 없어, 언니."

"네 말이 맞아, 희연아. 하지만 목적지를 정해야 하지 않겠어? 바깥 사정이 그리 안 좋다는 데 여기 있는 식량과 생필품을 버릴 수도 없잖아."

희연이 말을 끝내자 제 입을 봉인하고 듣고만 있던 현성이 그제야 입을 열었다.

"그건 걱정 안 해도 돼. 식량과 생필품은 얼마든지 구할 수 있으니까."

자매가 동시에 현성을 바라본다.

희연이 그게 무슨 소리냐는 표정을 지으며 말한다.

"아저씨 능력은 일방통행이잖아."

"내가 말 안 했나? 하루 세 번까지 능력 사용이 가능해졌어."

능력의 성장!

현성의 대답은 자매에게 묵직한 충격을 안겨주었다.

자매는 누가 먼저랄 것도 없이 동시에 입을 열었다.

"정말이야, 아저씨?"

"오빠, 그게 사실이에요?"

"사실이다."

별일 아니라는 듯 담담한 표정으로 현성이 대답했다.

"능력 성장이 가능해요? 방법이 나왔어요?"

아연이 놀란 표정을 숨기지 않고 말한다.

자매 역시 스킬러다.

자신의 능력이 발전하면 현성에게 큰 도움이 될 것이기에 두 사람은 그의 대답을 눈이 빠지게 기다렸다.

"방법이 나온 건 아니야. 그냥 우연히… 그리됐어."

현성 역시 제 능력의 성장 원인에 대해선 정확하게 알지 못한다.

그러니 아연의 질문에 변변한 답을 내놓을 수 없었다.

희연이 한숨을 쉬며 말한다.

"언니, 일단 그 얘기는 안전한 곳으로 피신한 뒤 해도 늦지 않잖아."

"그렇지. 현성 오빠의 능력이 하루 세 번이라면 어려운 고비가 닥쳐도 문제없이 헤쳐 나갈 수 있겠어."

"아저씨, 일단 내가 아는 곳으로 피신한 뒤 앞으로의 일을 천천히 의논해."

희연이 자신만만한 표정으로 잠시 몸을 숨길 장소에 대해 설명했다.

그녀가 제시한 곳은 두 사람에게는 의외의 장소였다.

제17장
1월의 마지막 그날은 붉었다 (2)

희연은 대담하게도 등하불명의 이치를 방법으로 제시했다.

그녀의 생각에 일리가 있다고 판단한 현성과 아연은 희연의 의견을 받아들였다.

그곳은 현성의 집이었다.

검찰과 경찰이 수차례 수색한 현성의 집은 엉망진창이었다.

오래 머물 곳이 아니다 보니 세 사람은 합심하여 쉴 공간만 대충 청소했다.

제 방에 들어간 희연은 먼지 쌓인 컴퓨터를 켰다.

다행히 인터넷 사용이 가능했다.

자매는 인터넷을 통해 몸을 숨길 만한 곳을 검색하기 시작했다.

현성은 집 안 곳곳을 단속한 뒤 밖의 동정을 살피고 시계를 확인했다.

정오가 조금 넘은 시간이다.

'어떤 놈들인지 확인해 봐야겠어.'

이곳이 안전하다는 판단을 내린 현성은 자매를 불러 다시 지리산 산골 집으로 가겠다고 말했다.

놈들이 정말 이상배의 패거리라면 모두가 스킬러다.

그것만으로도 위험한데 놈들은 어디서 구했는지 총기까지 갖고 있었다.

이를 감안하면 현성의 싸움 실력이 고수급이라도 이들의 상대가 되지 않을 것이다.

이 때문에 자매는 불안감을 내비쳤고 두 사람은 현성을 만류했다.

현성의 생각은 자매의 설득에도 변하지 않았다.

"걱정 마. 내가 도망치고자 하면 누구도 날 잡을 수 없어."

"고집쟁이."

"오빠, 그래도……."

"그 얘긴 됐다. 너희나 외부에 들키지 않게 조심해."

현성은 놈들을 촬영할 카메라와 방한복을 챙긴 뒤 공간을 도약했다.

후일을 위한 증거 확보 차원에서.

그가 1일 3회라는 능력의 성장을 이루었기에 위급한 상황이 발생하더라도 안전하게 돌아올 수 있을 거라고 위안하며 자매는 그나마 걱정을 덜 수 있었다.

현성을 떠나보낸 자매는 자신들이 안전하게 지낼 만한 곳을 다시 인터넷에서 검색하기 시작했다.

"언니, 나 물 한 잔만."

컴퓨터를 다루는 솜씨는 아연보다 희연이 월등하다. 그녀는 모니터에서 내내 눈을 떼지 않았다.

마치 모니터 속으로 빠져 버릴 듯 엄청난 집중력을 보이고 있었다.

아연은 일어나 부엌으로 향했다.

그때 머리카락 한 올이 내려와 아연의 눈을 찔렀다.

머리카락을 고정했던 핀을 뺀 아연은 흘러내린 머리카락을 다시 고정하려다 동작을 멈추었다.

머리핀을 바라보는 아연의 얼굴에 그리움이 묻어 나오고 있었다.

'승희는 잘 지내고 있을까?

승희는 아연의 오랜 친구로, 한동안 숨어 지내야 할지도 모른다는 이야기를 한 유일한 사람이었다.

그리고 떠나기 전날 만난 승희는 아연이 지금 하고 있는 머리핀을 선물했다.

승희의 마지막 모습이 아직도 아연의 눈앞에 선했다.

친구를 앞으로도 한동안 만나지 못한다는 생각에서인지 그녀의 표정은 유독 어둡고 슬펐다.

여유만 된다면 승희를 만나 그동안 못다 한 이야기를 나누고 싶었지만 상황을 고려해 훗날로 미룰 수밖에 없었다.

"음?"

친구가 선물한 머리핀을 보던 아연의 눈에 의문이 가득 차올랐다.

핀의 장식이 어디에 부딪쳤는지 접착 부분에 틈이 벌어져 있었다.

우정의 선물이 훼손되어 놀라는 것일까? 아니다. 그 때문이라고 보기에 아연의 표정은 너무 굳어 있었다.

희연은 언니가 망부석처럼 그 자리에서 꼼짝도 하지 않자 그제야 의문을 느끼고 몸을 돌렸다.

"언니, 뭐 해?"

아연은 반사적으로 머리핀을 등 뒤로 감추었다.

그러다 곧 이 일은 감출 일이 아니라는 생각이 들어 머리핀을 희연에게 내밀었다.

의아한 표정으로 이를 받아든 희연의 얼굴이 순식간에 경직되었다.

머리핀 하나에 자매가 크게 놀란 그 시간, 현성은 지리산 산골 집을 살핀 뒤 적당한 장소에 몸을 숨기곤 카메라를 점검하고 있었다.

'세상으로 돌아갈 수 있는 열쇠는 갖고 있어야겠지. 그 아이들을 위해서라도.'

꼼꼼하게 카메라의 상태를 점검한 현성은 방한복을 더욱더 여몄다.

한겨울 지리산의 날씨는 온몸을 꽁꽁 얼려 버릴 만큼 몹시 매서웠다.

거기에 눈까지 내린다.

이래저래 힘든 기다림이 아닐 수 없다.

추위 속의 기다림이라 시간은 무척 더디다.

현성은 주머니 속의 무게감을 느끼며 그 안으로 손을 넣었다.

전파가 잡히지 않는 핸드폰이 그의 손에 쥐어져 나온다.

전원 버튼을 꾹 눌러 핸드폰을 완전히 종료시킨 그는 두 눈을 감으며 마음 수련에 들어가 기(氣)를 활성화시켰다.

이제 갓 발을 디딘 단계라 추위를 완전히 몰아낼 경지는 아니었지만 마냥 웅크리고 기다리는 것보단 이편이 훨씬 도움이 된다.

째깍째깍.

더해가는 추위, 쌓이는 눈송이처럼 시간도 그렇게 그의 어깨 위에서 쌓여만 간다.

*　　　*　　　*

희연은 아연의 손을 잡고 곧장 집 밖으로 피신했다.

자매가 도주하듯 황급히 빠져나온 그녀들의 방 안, 컴퓨터 책상 위엔 파손된 아연의 머리핀만이 덩그러니 놓여 있었다.

"승희야……."

우정의 배신에 아연은 몹시 가슴 아파했다.

희연은 제 언니와 승희의 우정에 대해 알고 있었다.

하지만 아연과 달리 희연은 마음이 아픈 게 아니라 분노에 치를 떨었다.

친구를 팔아먹은 년!

내심 언니의 우정을 배반한 승희에게 시퍼런 칼을 품는 희연이다.

"언니, 정신 차려. 지금은 아저씨를 만날 때까지 우리를 지키는 게 최선이야. 우리가 잡히면 아저씨 입장은 더욱더 곤란해져."

"휴우, 미안하다, 희연아. 나 때문에……."

"언니 잘못이 아니야. 그 나쁜 년이 언니를 기만해서 생긴 일이야. 내 반드시 그년이 배신한 대가를 받아낼 거야."

희연의 표독한 표정에 아연은 씁쓸했다.

상황이 이런데도 승희의 배신이 믿어지지 않는 아연이다.

지리산의 날씨만큼은 아니지만 서울의 날씨도 춥긴 매한가지다.

더욱이 급하게 나오는 바람에 두 사람의 옷차림은 부실했다.

당장 필요한 것은 추위를 막아줄 곳이다.

그때 폐업 띠를 두른 빵집이 자매의 눈에 들어왔다.

현성의 집에서 너무 멀리 가면 그와 영영 헤어질 수도 있었기에 그 빵집은 자매에게 하늘이 내려주신 은신처처럼 보였다.

빵집 건물을 크게 돌아 낮은 담장과 좁은 벽의 틈새를 지난 자매는 작은 퇴창을 통해 안으로 숨어 들어갔다.

자매가 빵집에 자리를 잡은 그 순간, 정체불명의 남자들이 현성의 집에 들이닥쳤다.

실로 간발의 차이였다.

희연은 긴장된 표정으로 밖의 동정을 살폈다.

집 안을 살핀 세 명의 남자 중 하나가 황급히 밖으로 나와 주변을 포위하고 있던 자들을 불러 지시를 내렸다.

남자들은 현성의 집 일대를 들쑤시기 시작했다.

자매는 가게 내부에서 더욱더 은밀한 곳을 찾아 각자 몸을 숨겼다.

서로 떨어져 있었기에 자매의 불안과 긴장감은 더욱더 커져만 갔다.

두근두근.

의문의 남자들이 폭도처럼 빵 가게 문짝을 부수고 들어왔다.

그러곤 닥치는 대로 내부를 뒤지기 시작했다.

물건이 떨어져 깨어지고 쏟아지는 소리가 들릴 때마다 몸을 숨긴 자매는 놀라 크게 움찔거렸다.

자매는 제 숨소리, 제 심장의 고동마저 꾹꾹 누르며 이 상황이 빨리 스쳐 지나가기를 간절히 바랐다.

그때 한 남자가 아연이 숨은 오븐의 손잡이를 붙잡았다.

희연은 작은 창문을 통해 이를 보았다.

저 문이 열리면 꼼짝없이 언니가 발견될 것이다.

이에 희연은 다급한 마음이 들었다.

불과 몇 초도 안 되는 시간이었지만 희연에게는 어려운 결단을 강요하는 절박한 순간이었다.

'안 돼!'

오븐의 문이 천천히 열린다.

서서히 벌어지는 그 틈의 어둠 속에서 아연은 온몸을 웅크린 채 초조감에 흠뻑 젖었다.

'오빠!'

창백하게 질린 아연의 머릿속은 온통 하나의 그림자로 덮여 있었다.

아연은 부르짖었다.

모진 세파를 막아주던 든든한 남자.

이해타산 없이 순수한 마음으로 항상 따뜻함을 전해주던 남자.

한 번만, 딱 한 번만이라도 그에게 말해주고 싶었다.

사랑해! 선우현성.

질끈. 아연은 두 눈을 감는다.

이루어질 수 없는 바람이 서럽고 속상해서.

*   *   *

'그놈들은 어떻게 이곳을 알아냈을까?

지리산 깊은 골짜기 외딴 집. 놈들은 대체 어떻게 이곳을 알아냈을까? 그보다 왜 그들은 예고만 한 것일까? 직접 이곳으로 들이닥치지 않고.

현성은 자신이 겉으로 드러난 현상에만 지나치게 집중하고 있음을 깨달았다.

그때 추리의 범위를 서서히 넓혀가고 있던 그의 사념에 특수국 복무규정에 대한 것이 떠오르며 틀어박힌다.

위치 추적기!

인간이 창조한 문화와 과학은 경이 그 자체다.

오래전 인류는 무수한 상상을 했다.

당시엔 무시당했던 수많은 상상이 오늘날에 와서는 대부분 이루어졌다.

저 밤하늘에 빛나는 달 속에 토끼가 없음을 인류는 증명했으며 땅속 깊은 곳에 지옥이 없음도 증명해 냈다.

수많은 증명이 현대에 와서 우르르 쏟아졌다.

거대한 정보도 가벼운 터치 한 번으로 언제든 살펴볼 수 있는 시대가 되었다.

과거의 사람들에게 이 시대는 기적이 보편화한 시대이리라.

'함정이다!'

현성은 입술을 질근 씹었다.

1일 3회의 능력은 집으로 귀환하는 즉시 24시간 후에나 다시 가능해진다.

온전히 맨몸뚱이로 적과 맞서 싸워야 할 상황이 발생할지도
모른다.

이 순간 권총이 몹시 아쉬운 현성이었다.

하지만 어쩌랴. 없는 것을 만들어낼 수도 없으니.

파앗!

만일의 사태를 대비해 현성은 집 안으로 공간 이동을 하지
않았다.

인근 건물의 옥상으로 도약했다.

그 시간, 아연이 몸을 숨기고 있던 오븐은 반쯤 열렸고 그녀
의 심적 압박감은 온몸의 신경을 끊는 수준이었다.

그리고 제 언니를 위해 자신을 희생하려는 희연의 자매애
역시 폭발 직전이다.

그때였다.

아연이 숨어 있던 오븐을 열던 남자의 손이 거짓말처럼 멈
춘 것은.

찌리리릿!

"지진인가?"

오븐을 열던 건장한 남자는 엄습해 오는 느낌에 인상을 찌
푸리며 중얼거렸다.

이러한 반응은 비단 이 남자만 보인 것이 아니었다.

가게 안을 수색하던 이 남자의 동료와 몸을 숨긴 아연, 희연
자매 역시 강렬한 느낌에 몸을 흠칫 떨었다.

그리고 정체불명의 남자들이 주변을 수색하는 것을 지켜보던 현성 역시 그러했다.

현성의 뒤쪽에 위압적인 기운을 풍기는 틈이 생겨났다.

그것은 서로 다른 세계를 잇는 차원의 통로였다.

인류를 경악과 혼란으로 몰아넣은 존재가 등장하는 문이었다.

'후이넘!'

밟아도 하필 지뢰를 밟다니.

여기저기 널린 장소 중 하필 게이트 앞으로 공간 이동을 하다니.

모골이 송연해지고 진땀이 분수처럼 솟구친다.

현성은 재빨리 몸을 날려 파란색 물탱크 뒤로 몸을 숨겼다.

자매를 수색하던 남자들이 모두 거리로 뛰어나왔다.

이들은 자신들의 직감을 쫓아 다들 한곳을 뚫어지게 응시했다.

서서히 형태를 완성해 가는 몬스터 게이트였다.

"후퇴한다."

후이넘은 강력한 중화기가 아니고서는 상대할 방법이 없다.

각국의 과학자들은 놈들의 사체를 수거하여 상대할 방법을 찾고 있었다.

하지만 아직 그 어떤 국가에서도 놈들을 상대할 효과적인 경량화 무기 개발에는 착수하지도 못했다.

정체불명의 남자들 모두 스킬러다.

조금 전의 반응이 이를 증명한다.

이들은 불법인 총기를 소지하고 있었다.

하지만 그 화력으론 후이넘의 상대가 되지 않음을 알기에 재빠른 후퇴를 결정했다.

부아아아아앙.

놈들은 자신들이 타고 왔던 봉고차에 올라 번개처럼 내달렸다.

후이넘의 2차 침공!

인류가 우려했던 일이 그렇게 다시 일어났다.

애에에에에에에에에에—엥!

위험을 경고하는 사이렌이 도심 전역으로 울려 퍼진다.

정부는 후이넘의 침략에 대비하고 치안을 위해 도심 곳곳에 중화기 부대를 배치했다.

사람들은 가까운 방공호를 찾아 뛰었다.

쥐가 쥐구멍 속으로 들어가듯, 두더지가 땅속으로 콱 들어가듯이 겁에 질려 그렇게 내달렸다.

"괴물이다! 괴물이 나타났어!"

"영숙아! 영숙아!"

"으아아아아앙!"

"엄마, 엄마!"

"아빠아아아~!"

공포가 세상을 덮는다.

빵·빵·빵—!

부아아아아앙!

두려움과 공포심이 사람들의 마음속에서 준마처럼 질주한다.

아우성이 도심 곳곳에서 화마처럼 몸을 일으킨다.

츠츠츠츠츠!

세 개의 세모꼴 큰 눈, 네 개의 굵직하고 긴 팔, 근육질인 말의 몸통과 채찍처럼 유연하고 긴 꼬리를 지닌 온전한 후이넘이 옥상에 발을 디뎠다.

현성은 지척에서 놈의 등장을 똑똑히 목격했다.

온전한 후이넘을 실제로 보기는 처음이었다.

놈이 발산하고 있는 위압감은 고승의 평정심에도 뒤지지 않을 현성의 마음을 진탕시킨다.

'여우를 피했더니… 날개 단 대호가 나타났구나!'

현성의 육체는 경직됐다.

후이넘에게서 뿜어지는 거대한 살기가 그 원인이다.

다행스럽게도 현성은 물탱크 뒤에 숨어 있었다.

놈은 현성을 보지 못했다.

천만다행이다.

지금의 현성은 이전처럼 민첩하지도, 냉철하지도 못했다.

그에겐 시간이 필요하다.

저 무시무시한 괴물을 이탈리아의 신부는 단신으로 처치했다.

영상으로 봤을 때 느끼지 못했던 감정이 지금 이 순간 비수로 심장을 찔린 듯 확연히 느껴진다.

"쿠아아아아아아아!"

후이넘은 자신의 존재감을 세상에 알리려는 듯 포효를 터뜨렸다.

놈의 목청은 귀청이 얼얼할 만큼 컸으며 놈의 전신에서 뻗쳐 나온 살기는 거대한 산악 같았다.

빌딩의 숲 저편에서 놈의 포효에 화답하는 소리가 터져 나온다.

한동안 후이넘의 포효는 계속됐다.

적지 않은 숫자의 온전한 후이넘들이 차원 이동에 성공했다는 증거다.

온전한 한 놈을 뱉어낸 몬스터 게이트는 아직 닫히지 않았다.

열린 게이트로 또 다른 놈이 나온다.

평정심을 회복한 현성의 눈매가 가늘어진다.

긴장감이 느껴지던 현성의 눈가에 안도감이 머문다.

두 번째 후이넘은 앞서의 놈과 달리 예전에 보았던 것처럼 고깃덩어리로 나왔다. 아니, 쏟아졌다.

옥상은 녹색의 진득한 액체와 육편으로 금세 질척하게 변했다.

주르르.

현성의 발아래에도 녹색의 진득한 액체가 밀려왔다.

그리고 서서히 닫히는 몬스터 게이트!

두두두두두두!

쐐애애애애액!

전투 헬기와 전투기가 도심 상공을 장악하며 날아든다.

저 멀리서 강력한 총격이 들린다. 아니, 총격이라기보다는 포격에 가깝다.

쿠아아아앙! 쾅쾅!

폭발의 충격파는 이곳 옥상까지 밀려온다.

후이넘의 출현은 비단 대한민국에만 국한되지 않았다.

1차 침공 때처럼 놈들은 세계 각지에서 몬스터 게이트를 통해 그 흉측한 모습을 드러냈다.

앞서와 다른 점은 1차 때보다 온전한 놈들이… 많았다.

"꺄아아아악!"

옥상에 우뚝 선 후이넘을 본 사람들이 창백한 비명을 토해내며 산지사방으로 내달렸다.

빵집에 은신하고 있던 자매 역시 밖에서 들려오는 비넝에 놀라 허둥지둥 밖으로 나왔다.

하필 자매의 위치는 후이넘과 정면으로 마주 보는 곳이었다.

사람들의 두려움을 즐기던 후이넘은 정면의 자매를 보자마자 옥상을 박찼다.

놈의 거대한 몸뚱이는 자매에게서 태양과 하늘을 앗아갔다.

칙칙한 푸른색 그림자는 자매를 곤죽으로 만들 기세였다.

옥상을 빠져나가려 했던 현성은 새파랗게 질린 채 서 있는 자매를 보게 되었다.

현성의 얼굴이 그 순간 딱딱하게 굳어버렸다.

"피해!"

겁에 질려 얼어붙은 자매를 향해 현성은 목이 터져라 소리쳤다.

그의 경고에 겨우 정신을 수습한 자매다.

하지만 자매가 피할 곳은 없었다.

후이넘의 낙하 속도가 너무 빨랐기 때문이다.

방법이 없던 아연은 절망이 서린 표정으로 두 눈을 질끈 감았다.

이와 반대로 희연은 이를 악물며 두 눈을 부릅떴다.

순간의 망설임과 두려움에 주저앉았다간 그 결과가 어떠할 것인지 알기에 희연은 필사적이다.

희연은 온 힘을 다해 관통 능력을 발휘했다.

슈아아아아!

후이넘의 강력한 다리가 자매의 몸과 닿는다.

놈의 다리가 자매의 몸을 통과하여 바닥을 내려찍는다.

희연의 관통 능력이 위력을 발휘한 것이다.

희연은 아연의 손을 붙잡고 뛰었다.

능력의 유지 시간은 고작 1분. 그 안에 후이넘과 최대한 멀리 떨어져야 한다.

희연의 머릿속은 온통 이 생각 하나로 꽉 차 있었다.

'저딴 괴물에겐 절대 안 죽어!'

곤죽이 되어야 할 나약한 존재가 멀쩡한 모습으로 달아나자 후이넘은 분개했다.

놈의 세 개의 눈은 진한 살기를 표출했다.

"쿠와아아아아!"

상체를 홱 돌린 후이넘이 세 개의 눈을 번들거리며 자매를 뒤쫓았다.

자매의 달음박질로 놈을 피하기는 쉽지 않다.

엎친 데 덮친 격으로 희연의 능력도 서서히 풀리고 있다.

놈의 표적이 된 자매에겐 더 이상 희망이 없어 보인다.

다급하게 내달리는 자매를 일별한 현성은 두 눈을 날카롭게 빛내며 아래로 달려오는 후이넘을 향해 몸을 날렸다.

옥상과 지면의 거리는 12미터! 후이넘의 등짝에 착지하지 못한다면 중상을 면치 못할 상황이다.

다행히도 현성은 후이넘의 등짝에 무사히 착지했다.

후이넘은 등 쪽에서 전해진 무게감에 달리던 속도를 늦췄다.

그 사이 자매는 놈의 시선이 닿지 않는 골목으로 뛰어들었다.

상황을 확인하기 위해 희연이 밖을 살핀다.

'아, 아저씨!'

후이넘의 등짝에 올라탄 현성을 발견한 희연은 경악했다.

숨을 돌린 아연 역시 곧 그를 발견했다.

자매의 경악은 이루 말할 수 없이 컸다.

"오, 오빠!"

자매는 굳이 듣지 않아도 알 수 있었다.

저 무시무시한 괴물의 등짝에 올라탄 현성이 무엇 때문에 위험을 감수했는지.

현성 역시 자매를 보았다.

달아나라고 소리치고 싶었지만 그럴 수 없었다.

놈의 주의를 돌린 지금, 그런 행동은 자매를 다시 위험에 고스란히 노출시키는 결과를 초래할 것이기 때문이다.

그저 마음속으로 '달아나! 달아나! 멀리… 멀리!' 이렇게 외칠 뿐이다.

후이넘의 주의를 좀 더 돌리기 위해 현성은 허리춤에 꽂아 두었던 군용 단검을 빼 들었다.

후이넘은 자신의 등짝에 착 달라붙은 현성을 떼어내기 위해 상체 쪽에 붙어 있는 두 개의 팔을 움직였다.

녀석의 길고 단단한 두 개의 팔은 무거운 지붕을 받치는 신전의 기둥처럼 강인해 보였다.

퍽퍽퍽!

현성은 온 힘을 다해 후이넘의 하체 등짝을 찔렀다.

단단하고 뾰족한 단검은 놈의 가죽에 작은 생채기도 내지 못했다.

오히려 제 손바닥만 찢어지는 결과를 낳았다.

'제길!'

계란으로 바위 치기다. 승산이 없다.

현성의 눈빛이 침중하게 가라앉는다.

후이넘의 팔이 현성을 잡기 위해 달려든다.

현성은 몸을 교묘하게 틀어 매번 이를 피해냈다.

그리고 기회가 있을 때마다 쓸데없는 짓인 줄 알면서도 후이넘의 등짝을 내려찍었다.

그러면서 속으로 끊임없이 자매를 향해 외쳤다.

'가! 숨어!'

하지만 그의 내면의 외침은 자매의 귀에 닿지 않았다.

오히려 자매는 어쭙잖은 무기를 찾아 후이넘을 향해 달려들 기세였다.

몹시 두려울 텐데도 자신을 위해 목숨까지 거는 자매의 용기에 현성은 안타까움 못지않게 기쁨도 맛보았다.

미꾸라지처럼 요리조리 피하는 현성 때문에 잔뜩 화가 난 후이넘은 채찍 같은 자신의 꼬리를 사용했다.

휘이이이익.

날카로운 파공음이 들리자 현성은 반사적으로 상체를 낮추었다.

후이넘의 꼬리가 그의 등짝을 간발의 차이로 스쳐 지나갔다.

놈의 꼬리가 스쳐 지나간 등짝이 얼얼했다.

스친 것에 지나지 않았다.

그럼에도 얻어맞은 듯 얼얼하다. 만약 제대로 맞았다간 곧 죽이 되고 말리라.

아연과 희연이 달려오는 모습이 보인다.

"달아나! 내게 생각이 있어!"

현성은 마지못해 자매를 향해 소리쳤다.

그를 잡기 위해 움직이던 후이넘은 그제야 자매를 본다.

그러나 놈의 관심은 금세 자신의 하체 등짝에 거머리처럼 붙어 떨어지지 않는 현성에게로 돌아왔다.

"오빠!"

"아저씨!"

현성은 후이넘이 자신을 먼저 잡기 전에는 자매를 해칠 의사가 없음을 알게 되었다.

그래서 보다 큰 목소리로 자매를 향해 소리쳤다.

"꾸물거리지 마. 날 생각한다면 어서 달아나!"

서서히 한계에 도달하고 있는 상태였다.

더 이상은 온몸에 버틸 힘이 남아 있지 않았다.

미끌.

찢어진 손바닥에서 흐른 현성의 피가 윤활 역할을 한다.

후이넘의 하체 등짝에서 미끄러진 현성은 바닥에 떨어졌다.

놈의 네 개의 기둥 같은 다리가 창처럼 현성을 찔렀다.

퍽퍽퍽퍽!

좌우로 몸을 굴리고, 뒤구르기로 피한다.

화살처럼 쏘아진 놈의 꼬리 채찍. 이를 본 자매가 동시에 비명을 질렀다.

반사적으로 옆으로 몸을 날린 현성은 팔에 큰 상처를 입는 것으로 놈의 꼬리를 간신히 피해낼 수 있었다.

"헉헉헉헉!"

현성의 체력은 방전됐다.

몸뚱이는 그의 제어를 벗어나 멋대로 후들거렸다.

아연이 상처 입은 그를 향해 뛰었다.

희연은 손에 잡히는 것들을 후이넘에게 던지며 놈의 시선을 끌려고 했다.

몰살!

이 단어가 묵직하게 현성의 머리를 짓눌렀다.

죽음은 그를 두렵게 하지 않는다.

하지만 지금 이 순간은 죽음이… 싫었다.

"오지 마!"

온 힘을 다해 현성이 소리쳤다.

아연은 멈추지 않았다.

후이넘의 관심을 끌려는 희연의 노력도 계속됐다.

아연이 현성에게 도착했다.

그러곤 치료의 능력으로 그의 몸에 생기와 활력을 불어넣었다.

그의 상처는 순식간에 아물었다.

남녀를 향해 후이넘의 매서운 꼬리 공격이 들이닥쳤다.

현성은 아연을 껴안고 몸을 날렸다.

콰지지직!

콘크리트 바닥에 수많은 금이 쩍쩍 간다.

파편이 사방으로 튄다.

"쿠아아아아아아아!"

후이넘은 농락당한 기분에 빠졌다.

놈의 세 개의 눈알은 이제 핏줄까지 서 있었다.

아연을 껴안고 데굴데굴 구른 현성은 무너진 건물 잔해 모서리에 어깨를 세게 부딪혔다.

욱신욱신.

그의 품 안에서 아연은 작은 카나리아 새처럼 바들바들 떨었다.

그녀와 눈을 마주친 현성은 아연이 두려움 때문에 떠는 게 아니라는 생각이 들었다.

마음의 창인 눈이 말한다.

고마워요, 고마워요, 끊임없이 담담하게 이리 말하고 있었다.

이것이 자신만의 착각일지 모르지만.

후이넘이 남녀를 향해 달려왔다.

피할 수 없었다.

현성은 아연을 꼭 끌어안았다.

아연 역시 그를 꼭 끌어안았다.

"아저씨, 언니!"

희연이 비명처럼 소리쳤다.

두 사람의 죽음은 희연에겐 세상의 종말이었다.

하지만 희연의 종말은 아직 먼 훗날의 이야기였다.

현성과 아연의 인생도 여기가 끝은 아니었다.

전투 헬기 두 대가 나타났다.

헬기는 후이넘의 넓은 상체 등짝을 향해 미친 듯이 기관총을 쏴댔다.

후이넘의 주의력이 분산된 그 틈을 현성은 놓치지 않았다.

아연을 안아 든 현성은 희연을 향해 뛰어가며 소리쳤다.

"뛰어!"

*　　　　*　　　　*

각국에서 스킬러들이 가톨릭교회의 성지인 로마로 몰려들었다.

이들은 외계 생물체인 후이넘과 대적하기 위해 각국이 선별한 자들이었다.

각국은 이들의 교육을 맡기며 로마교황청의 물밑 요구를 수용했다.

국제 물류 이동이 동결된 상태에서도 상당한 양의 물자가 로마로 유입됐다.

이는 광검 기술을 배우는 수업료였다.

대한민국에서도 스물네 명의 정예 스킬러가 이 교육에 참가했다.

청일 고등학교 폭탄 테러로 잠시 정신과 치료를 받았던 박상철도 퇴원 시기가 맞물린 덕분에 이 무리에 합류하게 되었다.

이는 평소 그의 성품과 국가관을 인정한 상부의 배려였다.

로마교황청 내 정원.

"상철 오빠, 어제 수업은 어땠어? 난 종교적인 강요를 너무 해서 거부감이 들던데."

인종과 종교와 삶의 환경이 다른 사람들이 세계 각지에서 몰려들었다.

로마는 후이넘의 등장 이후 제이의 전성기를 맞이했다.

"배우는 입장에서 숙이고 들어가야지. 그러니 분한 만큼 더 열심히 해. 알았지?"

남녀는 중세 가톨릭교회의 수도사들이 입었던 것을 현대적 감각에 맞춰 살짝 변형한 백색의 로브를 입고 있었다.

이러한 복장은 그나마 나은 것이다.

교황청 측은 이마에 붉은 십자가 문신을 하도록 압력을 행사했고, 이를 수락한 교육생은 특별 교육관에서 따로 교육을 받았다.

명백한 차별이었지만 이를 항의할 수 없었다.

개개인의 자질을 이유로 들었기 때문이다.

그리고 이들에게만 허락된 칭호… 성혼기사!

개종의 표식인 붉은 십자가 문신을 거부한 스킬러들은 성혼 기사단에 가입한 그들이 어떠한 교육을 받는지 전혀 알지 못했다.

"알아. 그래서 나도 꾹 참고 있어."

도란도란 이야기를 나누며 교육실로 향하던 두 사람은 갑자기 온몸을 바늘로 찌르는 듯한 느낌을 받았다.

이는 두 사람만의 느낌이 아니었다.

교육관으로 향하던 스킬러들 모두 마찬가지였다.

이들은 약속이라도 한 듯 일제히 한 방향을 응시했다.

긴장으로 굳어진 표정으로.

＊　　　＊　　　＊

후이넘의 이번 2차 침공은 앞서와 달리 더 많은 개체를 지구 곳곳에 토해냈다.

무사히 도착한 놈들은 앞서도 그랬듯이 다짜고짜 파괴를 일삼았다.

놈들을 상대하기 위해 인류가 개발한 과학병기들이 도심과 농촌과 산야를 누비고 다녔다.

강력한 이 현대 무기들은 성과와 함께 자체 피해를 양산한다는 단점이 있었다.

도시의 피해가 특히 많았다.

파괴는 쉬워도 복구는 어려운 법.

수많은 사람이 집과 직장과 가족을 잃는 뼈아픈 비극을 다시 한 번 맛보게 되었다.

이 불길한 침략자를 상대로 효율적으로 대처한 곳은 단 한 곳뿐이었다.

가톨릭교회의 성지, 세계의 수도를 자처하는 로마였다.

멸망과 구원은 동전의 양면처럼 늘 우리의 주위를 맴돌던 예언이었다.

수많은 예언가가 이 세상에 태어났고, 그들은 자신들의 자취를 이 땅에 남겨왔다.

그들의 그 족적이 가장 많이 남아 있는 곳은 한때 세계를 아울렀던 로마교황청으로, 그들에게 스킬러의 등장은 오래전부터 예견된 일이었다.

휘이이이잉.

석양으로 물든 도심 상공에선 헬기의 프로펠러와 제트기의 소음이 끊이지 않았고, 땅의 검은 아스팔트 위로는 육중한 탱크와 장갑차가 달렸으며 무장한 군인들의 잔뜩 긴장된 군홧발 소리가 강물처럼 흐르고 있었다.

세상은 마치 종말의 끄트머리에 간신히 매달린 것처럼 위태로웠다.

타닥타닥.

반쯤 무너진 건물 내부. 주변에서 주워온 목재로 만든 모닥불 가에 세 명의 남녀가 굳은 얼굴로 앉아 있었다.

이들은 현성과 아연, 희연이었다.

폭풍우 같던 후이넘의 2차 침공은 군의 신속한 대응으로 마무리되었다.

하지만 그 전투의 피해는 곳곳에 남아 아직 그 열기가 식지 않았다.

"승희란 아이가 너에게 그 머리핀을 줬단 말이지?"

"예."

아연의 대답에는 힘이 없었다.

큰 고비를 넘긴 그녀는 죽마고우가 남긴 배신감에 다시 한 번 슬퍼하고 있었다.

현성은 아연에게 머리핀을 선물한 김승희의 배후에 필시 유오찬이 있을 것이라 단정했다.

'반드시 부숴 버리고 말겠다, 놈!'

김승희와 연관되어 있을, 그리고 자매를 납치하려 했던 낯선 남자들이 타고 온 차량 번호를 현성은 재차 되새겼다.

혼란한 상황을 고려할 때 김승희나 차량을 찾더라도 유오찬을 잡는 것은 힘들다.

화가 치밀어 올랐지만 지금은 감정적으로 일을 해결할 때가 아니다.

지금은 안전과 생존을 고려한 대책을 강구하는 게 급선무였다.

복잡해진 머릿속을 달랠 겸 현성은 창틀도 창문도 없는 뻥 뚫린 벽을 향해 걸어갔다.

폭격이 휩쓸고 간 듯 망가진 흔적이 그의 시선이 닿는 곳마다 우울한 모습으로 펼쳐져 있었다.

바람을 타고 물기 한 점이 날아와 현성의 얼굴에 달라붙는다.

무심결에 이를 닦은 현성은 제 손등에 묻은 혈흔에 흠칫했다.

눈이 내리고 있었다.

하지만 그 눈은 피처럼 붉은 선홍색이었다.

인류의 앞날을 예고하는 것처럼.

『스킬러』 3권에 계속…

The Record of Dragon's Return

제중 귀환록

푸른 하늘 장편 소설

FUSION FANTASTIC STORY

현대백수 장편 소설

간웅

FUSION FANTASTIC STORY

뇌성벽력이 치는 어느 날!
고려 황제의 강인번을 들고 있던
어린 병사가 낙뢰를 맞고 쓰러졌다.

하지만… 다시 눈을 뜬 이는
현대 대한민국에서 쓸쓸히 죽은
드라마 작가 지망생.

고려 무신 시대의 격변기 속에서 눈을 뜬 회생[回生].
살아남기 위해! 죽지 않기 위해!
그의 행보로 인해 고려는 서서히
변하기 시작하는데……

치세능신 난세간웅(治世能臣 亂世奸雄)!

격동의 무신 시대!
회생, 간웅의 길을 걷다!

Book Publishing CHUNGEORAM

유행이 아닌 자유추구-
WWW.chungeoram.com

절정고수들이 하늘 높은 줄 모르고 질주하는 현 세상.
서른여덟 개의 세력이 서로를 견제하는 혼돈의 시대.

그 일족주발의 무림 속에
첫 발을 디딘 어린 소년.

"나는 네가 점창의 별이 되기를 원한다."

사부와의 약속을 지키고
난세로 빠져드는 천하를 구하기 위해
작은 손이 검을 들었다!

박선우 新무협 판타지 소설 FANTASTIC ORIENTAL HE

풍운사일

내일을 향해 쏴라

김형석 장편 소설

FUSION FANTASTIC STORY

1만 시간의 법칙!
'성공은 1만 시간의 노력이 만든다' 는 뜻이다.

그러나…
사회복지학과 복학생 수.
전공 실습으로 나간 호스피스 병동에서
미지와 조우하다.

1만 시간의 법칙?
아니, 1분의 법칙!

**전무후무한 능력이 수에게 강림하다!
맨주먹 하나로 시작한 수의
인생역전이 시작된다!**

Book Publishing CHUNGEORAM

WWW.chungeoram.com